Schnittmenge
Wunder

Unser aufrichtiger Dank gilt

Unseren Schreiber/innen,
ohne deren Beteiligung dieses WUNDERvolle
Buch nicht entstanden wäre.

Annette Blumenschein,
Gerd Butke (www.Gebut-Tierfotografie.de),
Enrico Elter (www.pictrs.com/photo-enrico),
Katharina Merther (www.ks-fotografie.org)
& Jana Seelbach,
für die wundervollen Bilder, durch die
dieses Buch zu noch mehr Glanz und
Lebendigkeit gekommen ist.

2

Anke Selent, Marina Selent & Alexander Dahms

Schnittmenge

Das Leben in all seinen Facetten

Texte – Gedichte - Erlebnisse

Bibliografische Information der Deutschen Nationalbibliothek
Die Deutsche Nationalbibliothek verzeichnet diese Publikation
in der Deutschen Nationalbibliografie; detaillierte bibliografische Daten sind im
Internet über http://dnb.d-nb.de abrufbar.

Herstellung & Verlag: BoD – Books on Demand, Norderstedt

ISBN: 978-3-7347-4063-3

Inhaltsverzeichnis

Vorwort

Liebe/r Leser/in,

wie schön, dass Du Dich für dieses Buch mit seinem wunder-vollen Inhalt entschieden hast. Wir freuen uns, dass Du neugierig und aufgeschlossen für die vielfältigen und schönen Erlebnisse und Eindrücke unserer Schreiber/innen bist, die aus den unterschiedlichsten Lebenssituationen heraus berichten. Auch durch die deutlichen Altersunterschiede entstehen die verschiedensten Blickwinkel, was wir sehr bereichernd finden. Und bekanntlich sehen viele Augen eben mehr als nur die eigenen. An dieser Stelle möchten wir allen Schreiber/innen unseren herzlichen Dank aussprechen. Danke an Euch, denn durch Eure Mitarbeit und Euer Interesse für das Thema konnte dieses Buch erst entstehen!

Wir meinen, das Thema „Wunder" hat einmal unsere ungeteilte Aufmerksamkeit verdient. Denn obwohl das Wort „Wunder" gut in unseren Sprachgebrauch etabliert ist – wundervoll, wunderbar, sich wundern –, findet sich das Thema kaum je auf unserer Handlungsebene wieder. Der Glaube an Wunder scheint also in der Vergangenheit wesentlich stärker gewesen zu sein als heutzutage. Die Gründe liegen auf der Hand: Wissenschaft und Technik der heutigen Zeit lassen keinen Raum mehr für Unerklärliches und Rätselhaftes. So manches Wunder wurde bereits entschlüsselt. Zum Beispiel hat man lange nicht gewusst, warum die Hummel fliegen kann. Man konnte es technisch nicht erklären, eigentlich ist ihr Körper nämlich zu schwer zum Fliegen, gemessen an der Flügelkraft. Nun hat man entdeckt, dass sie durch das Schwirren der Flügel Verwirbelungen der Luft erzeugt, die sie dann tragen können.
Eine interessante Sache, wirklich. Aber wurde uns mit der

Erkenntnis nicht auch etwas genommen? Ehrlich gesagt – uns war es schon ganz lieb, dass es da diese Hummeln gab, die einfach und selbstverständlich flogen, scheinbar ungeachtet der Wissenschaft. Es gab den Ausspruch: Die Hummel fliegt, weil sie nicht weiss, dass sie n i c h t fliegen kann. Ein Wunder, das man sich immer wieder anschauen konnte, so oft man wollte. Und wo es ein Wunder gibt, da sind doch auch bestimmt noch mehr? Ein schöner Gedanke.

Und jetzt? Sollen oder wollen wir unseren Wunderglauben wirklich hergeben? Oder haben es Viele gar schon getan? Sind denn Wunder überhaupt zu irgendetwas gut? Um dem auf die Spur zu kommen, haben wir dieses Buch ins Leben gerufen. Nun tritt selbst ein in unsere Wunderwelt – und genieße Deinen Aufenthalt!

Herzlichst,

Anke, Marina & Alexander

Die Herausgeber

„Die wahre Lebenskunst besteht
darin, im Alltäglichen das
Wunderbare zu sehen."

- Pearl S. Buck -

Anke zum Thema Wunder

Meine Tochter war vor Jahren mit ihrem Hund im Auto unterwegs. Die schnellste Strecke nach Hause führte über die Autobahn. Der Hund, ein sehr eigenwilliges Tier, unternahm ab einem bestimmten Zeitpunkt stetig den Versuch, vom Kofferraum des Kombis auf den Rücksitz zu gelangen. Und obwohl sein Liegeplatz durch ein Trennnetz abgegrenzt und der Hund zudem recht groß war, gelang ihm sein Vorhaben mehrfach. Meine Tochter musste entsprechend häufig – soll heißen auf jedem anliegenden Rastplatz – von der Autobahn herunter fahren und das Tier zurücksetzen, was für reichlichen Verdruss sorgte. Da aber der üblicherweise eher ruhige und behäbige Hund in seinem Tun nicht nachließ, verließ sie schließlich die Autobahn ganz – in der Absicht, die restliche Strecke über Land zurück zu legen und vielleicht mit dem Hund zu seiner Beruhigung ein Stück zu gehen.

Im selben Augenblick, als das Auto die Schnellstraße verließ, kletterte der Hund ohne ein Wort meiner Tochter vom Rücksitz zurück in den Kofferraum, um sich dort ruhig und zufrieden hinzulegen. Einmal auf der Landstraße, fuhren sie einige Minuten entspannt weiter, das Radio lief, keine Zwischenfälle. Dann plötzlich eine Verkehrsmeldung: Vorsicht. Schwerer Unfall auf der Autobahn. Gerade passiert, Unfallstelle noch nicht gesichert. Meine Tochter wäre, hätte sie ihre Fahrt wie geplant fortgesetzt, direkt in dieses Ereignis hinein geraten, es wären noch etwa 3 km gewesen.

Alles Zufall, kann man jetzt sagen. Wäre ja vielleicht sowieso nichts weiter passiert. Aber mich hat dieser Vorfall eigenartig berührt, er hat einen „Nachgeschmack" hinterlassen, den ich noch lange gespürt habe. Der ungehorsame Hund. Die Intuition meiner Tochter: Fahr ab, das macht so keinen Sinn. Ein Unfall, der kurze Zeit später

13

stattfindet. Verschiedene Faktoren, scheinbar unabhängig voneinander, wirken zusammen und ergeben ein Resultat. Ein Resultat, das ohne einen dieser Faktoren ein anderes gewesen wäre. Ein Resultat, das sich der rein menschlichen Kontrolle und Machenschaft entzieht. Und dieses Resultat hat einen entscheidenden Einfluss auf das weitere Leben!

Für mein Empfinden ist genau das das Wesen eines Wunders. Es gibt kein wenn...dann..., woran man etwas festmachen könnte, sondern eher eine wunder-same Synchronizität. Eine nicht weiter erfassbare Gleichzeitigkeit von Ereignissen. Ich jedenfalls habe dem Hund und dem Universum gedankt. Und ich bekomme manchmal immer noch eine Gänsehaut, wenn ich daran zurück denke.

Für mich bedeutet das, ich kann sehr wohl Wundern begegnen, wenn ich Augen und Geist dafür offen halte. Für mich bedeutet das, ich bin in meinem Machen und Tun nicht allein, sondern eingebunden in diverse Energien und Handlungsebenen. Ich finde das schön und erhebend, und in schlechten Zeiten auch sehr tröstlich. Ich kann annehmen, dass wohl alles so seinen Sinn hat, auch wenn der direkte Zusammenhang im Verborgenen bleibt. In diesem Sinne hilft mir der Glaube an Wunder, das Leben anzunehmen, ja zu sagen, mich auf meinen Weg einzulassen und ihn mit viel mehr Freude zu gehen.

Anke (49)

Marina zum Thema Wunder

„Wunder gibt es immer wieder..."

Dieser Liedtext kommt mir wie ein Ohrwurm beim Gedanken an Wunder als erstes in den Sinn. Dabei finde ich ihn platt. Fast schon doof. Denn Wunder gibt es wohl kaum immer wieder. Eher selten, oder?

Vielleicht muss man für sich selbst erstmal rausfinden, was ein Wunder überhaupt ist. Sind sogenannte Spontanheilungen Wunder? Ja, ganz sicher. Wenn jemand von heute auf morgen von einer chronischen, unheilbaren, möglicherweise sogar tödlichen Krankheit geheilt ist, ist das sicher ein Wunder.

Aber ich merke, für mich bedeuten Wunder viel mehr.

Ich schaue aus dem Fenster. Die Sonne ist heute wieder aufgegangen. Wie an jedem anderen Tag. Ist das jetzt Alltag oder ein Wunder? Für mich ist es beides. Da müssen so viele kleine Rädchen ineinander greifen, damit Leben auf unserem Planeten möglich ist, damit die Sonne eben jeden Tag wieder aufgeht und ich finde schon, es grenzt an ein Wunder, dass das schon so lange Zeit so reibungslos funktioniert.

Für mich ist es so mit allen Dingen. Die Natur ist für mich Alltag und doch auch immer wieder ein Wunder. Wenn ich Aufnahmen von verlassenen Städten sehe oder zum Beispiel von Tschernobyl, wo die Natur sich wieder verbreitet, ausdehnt, lebt (obwohl es dort für Menschen so lebensfeindlich ist), dann bin ich schwer beeindruckt. Und für mich ist auch das ein Wunder.

Überhaupt ist es doch manchmal sehr verwunderlich, dass der Mensch es noch nicht geschafft hat, die Erde zu zerstören, trotz all seiner Versuche. Die Erde, ihre Fähigkeit Leben zu schenken, ihre Fähigkeit sich zu regenerieren, das gehört für mich wirklich zu den Wundern dieser Welt.

Schwangerschaft und Geburt ist auch so ein Wunder für mich. Da wächst ein Baby heran (ob nun ein Tier- oder ein Menschenbaby), ein ganz eigener Charakter, der schon im Mutterleib zu leben beginnt, der auf Geräusche reagiert, der schon wahrnehmen kann. Ist das nicht wirklich ein Wunder, wenn Leben entsteht?

Mir fallen immer mehr Dinge ein, die für mich ein Wunder sind. Kleinigkeiten, mancher mag denken, es sind Nichtigkeiten, aber für mich sind es Wunder. Vielleicht sind es kleine Wunder, aber trotzdem. Die Blume, die wächst. Das Tier, das sich für meine Freundschaft interessiert, obwohl es eine ganz andere Spezies ist. Der Mond, der mit den Gezeiten unserer Meere zusammenhängt. Unsere Meere mit all ihrem Leben in sich! Genauso auch unsere Kontinente, mit all dem Leben auf sich. Und wie verschieden das sein kann! All die unterschiedlichen Tiere, Menschen, Pflanzen, Landschaften... Ja, unser Planet mit all seinen Facetten ist für mich ein wirklich großes Wunder!

Vielleicht ist es mit den Wundern so, dass man sich dafür öffnen muss. Dass man einfach hinschauen muss.

Da fällt mir ein Zitat ein: „Es gibt zwei Arten, sein Leben zu leben: Entweder so als wäre nichts ein Wunder, oder so, als wäre alles eins. Ich glaube an letzteres." Das soll Albert Einstein gesagt haben.

Ja, auch ich glaube daran, dass alles ein Wunder ist. Das ganze

Leben, das ganze Universum. Ich glaube nicht daran, dass das alles ein Zufall ist oder nach unserem Tod vorbei. Nein, ich glaube daran, dass es ein Wunder ist, dass das alles so funktioniert, dass Leben möglich ist, dass das Universum entstanden ist. Für mich steckt da weit mehr dahinter als ein Zufall oder eben „nur" der Urknall.

So zu leben, dass alles ein Wunder ist, macht mir das Leben schön. Ja, man kann sich dabei natürlich irren und weder die Wunder der Natur, noch der Menschen, noch die „großen" Wunder wie spontane Heilungen haben irgendetwas mit einem Wunder zu tun, sondern sind schlichte Zufälle, Irrungen der Medizin oder einfach der Lauf der Welt. Aber für mich ist es einfach schöner, bunter, wundervoller, wenn ich die Welt anders betrachte. Wenn ich mich freue, dass die Blumen wachsen, dass die Sonne aufgegangen ist, dass mein Kind geboren werden durfte. Und vielleicht geht es am Ende ja auch vor allem darum, dass es uns selbst gut geht und dass wir dieses Leben genießen. Für mich ist das leichter und schöner, wenn ich mein Leben als Wunder betrachte – und deswegen mache ich das!

Marina (31)

Alexander zum Thema Wunder

Da steht es nun, das Wort mit den sechs Buchstaben, das die Einen in Staunen versetzt, während die Anderen es nur müde belächeln. Dabei setzen die „Lächler" es mit Märchen gleich. Irreal und nur aus Erzählungen bekannt. Doch haben wir nicht alle schon mal ein Wunder erlebt? Stecken die Wunder, die alle immer als gigantische WOW-Erlebnisse erwarten oder erhoffen, nicht im Kleinen – im Detail?

Ich möchte erzählen von einem traurigen Erlebnis, das für mich dennoch gleichzeitig ein Wunder war. Es war vor einigen Jahren, dass mein Opa an Krebs erkrankte. Er schaffte es einige Jahre mit dem Krebs zu leben, bis ihm die Krankheit leider mehr und mehr zusetze. Schlussendlich war er nur noch bettlägerig und sein Körper von Medikamenten durchtränkt. Dennoch war er bis zum Schluss ein WUNDERbarer Mensch für mich, der mich geprägt hat. Eines Abends winkte er meine Oma, die ihn liebevoll pflegte, an sein Bett. Als sie ihn fragte, was er denn möchte, nahm er ihre Hand, zog sie hinunter zu sich und küsste sie auf die Wange. Meine Oma dachte sich nichts Besonderes dabei und die beiden verbrachten einen Abend wie viele andere vor ihm.

Am nächsten Morgen erhielten meine Schwester und ich einen Anruf, dass es meinem Opa zusehends schlechter ging. Sofort stiegen wir ins Auto und fuhren zu unseren Großeltern. Dort angekommen war mein Opa kaum noch ansprechbar, reagierte nicht mehr auf uns und atmete nur sehr flach. Wir wussten, dass der Krebs seinen Widerstand gebrochen hatte und der Tod das unausweichliche Resultat wird. Während ich am Bett meines Opas verweilte und seinen Atem beobachtete, war auch meine Mutter auf dem Weg zu meinen Großeltern. Da sie aber nicht in der Nähe wohnte, dauerte ihre Reise etwas länger als die von meiner Schwester und mir. Es kam mir vor wie eine Ewigkeit, die ich am Bett meines Opas verbrachte, bis meine Mutter eintraf. Als sie schlussendlich ankam, ging sie an sein Bett. Es war ein kurzer Moment, den die beiden noch gemeinsam hatten, bevor sein Atem ein letztes Mal seine Brust hob.

Später stellte der Arzt fest, dass mein Opa kurz nach der Ankunft meiner Mutter verstorben war. Und da wurde es mir erst wirklich bewusst: der Kuss als „Dankeschön" an meine Oma, seine Enkelkinder und seine Tochter ein letztes Mal gesehen. Mein Opa hat seinen Tod nicht nur gespürt, sondern er hat solange gewartet, bis er sich von allen seinen Lieben auf seine Weise verabschieden konnte.

So traurig dieses Erlebnis auch für mich war, umso mehr zeigt es mir, dass es Wunder gibt. Wie könnte man sonst die „Vorahnung" des Todes nennen? Oder den stillen Widerstand gegen den Tod, bis man all seine „Lebensaufgaben" erfüllt hat?

Doch nicht nur durch die Art seines Sterbens ist mein Opa ein Wunder für mich, sondern auch dafür, wie er mein Leben geprägt hat. Er war ein grandioser, liebevoller Opa. Und genau wie mein Opa prägen uns tagtäglich eine Vielzahl Menschen, die jeder für sich ein Wunder sind. Vielleicht sehen wir diese Wunder in diesem Moment noch nicht, oder haben verlernt sie zu erkennen. Nehmen sie als Selbstverständlichkeit hin. Doch wir alle sind wandelnde Wunder. Wir haben einen Körper, der einfach existiert. Wir atmen, ohne dass wir für jeden Atemzug sorgen müssten. Unsere Zellen teilen sich, Wunden verschließen sich und unser Herz schlägt, ohne dass wir einen Handschlag dafür tun. Ist das nicht ein Wunder? Das Wunder Mensch.

Und was ist mit den vielen anderen Dingen im Leben, die für uns nicht erklärbar sind? Die Polarlichter, die Pyramiden in Ägypten, Stonehenge, die chinesische Mauer oder einfach der Fakt, wie eine Familie in einem Brennpunktviertel mit wenig Geld ein glückliches Leben führt. Es geht nicht immer darum, dass ein Wunder nur eine „Wunder-Heilung" oder eine 1:1.000.000 Chance sein muss. Die Wunder stecken im Kleinen genauso wie im Großen. Man muss sie nur sehen können.

Doch wie gut achten wir überhaupt noch auf Wunder? Viele Wunder sehen wir einfach nicht mehr, weil wir so schnell durch unser Leben rauschen mit starrem Blick nach vorne. Was die Menschen und Dinge links und rechts um uns herum machen, nehmen wir schon nicht mehr wahr. Wie sicher können wir uns also sein, dass am Wegesrand unseres Lebens nicht Wunder stehen und darauf warten gesehen zu werden? Nur weil wir etwas nicht sehen, bedeutet es nicht, dass es nicht existiert! Vielleicht ist für unsere Zeit des Wachstums, der Globalisierung, der Digitalisierung und der ständigen Vernetzung das größte Wunder schon ein Tag ohne Smartphone. Oder ein ganzer Tag ohne Internet, ohne Netzwerke, Emails und ohne Erreichbarkeit an jedem Ort auf der Welt. Kannst Du dir das vorstellen, oder wäre das für dich bereits ein Wunder?

Und würde man alle Lebensbereiche einmal betrachten und analysieren, was man den ganzen Tag macht, sieht, riecht, schmeckt oder einfach erLEBEN darf, dann würde man sich schon so manches Mal wundern. Du siehst also, nicht der Teufel steckt im Detail, sondern in jedem Detail steckt ein WUNDER!

Alexander (26)

Die Schreiber/innen

„Jeder Mensch ist ein Wunder."

- Antoine de Saint-Exupéry -

Besondere Tage im Leben

Es gibt im Leben eines Menschen viele Tage, die nicht einfach sind; ebenso viele Tage, die fast spielerisch leicht ablaufen und einige Tage, die etwas ganz Besonderes darstellen. Von einem solchen mag ich hier berichten:

Es liegt schon etliche Jahre zurück, als wir - meine Frau und ich - die freudige Nachricht erhielten, dass uns Nachwuchs ins Haus stünde. Damit hatten wir, obwohl wir darauf hingearbeitet hatten, nicht so schnell gerechnet, wie es nun eingetroffen war. Das erste Gefühl war voller Freude und natürlich zweifelte man auch ein klein wenig. Nicht unverständlich, wenn man so etwas noch nicht zuvor erlebt hatte. Selbst wohlgemerkt, denn sicherlich hatten wir dies schon bei älteren Geschwistern und deren Partnern erlebt. Dies ist aber für einen selbst immer eine andere Erfahrung.

Regelmäßige Besuche beim Frauenarzt belagerten förmlich unseren Terminkalender; Unmengen von Ratschlägen der lieben Verwandtschaft und der besten FreundInnen schwirrten uns wie gierige, ausgehungerte Moskitos um die Köpfe; rauschartige Einkäufe in allen mir bekannten und deutlich mehr bis dato unbekannten Geschäften, die Babykleidung, Spielzeug und anderes Nachgebärzubehör anboten, waren an der Tagesordnung.

In Anbetracht dessen mag ich nicht undankbar oder gar weinerlich klingen, aber eine Freude war das alles nicht. Sicherlich hatte meine Frau das größere Paket der Schwangerschaft zu tragen, aber ich konnte dem einfach nichts dagegensetzen.

Allerdings sollten sich diese Zustände, je näher es auf den Geburtstermin zulief, noch verstärken - deutlich sogar. Ich wuchs mit meinen Aufgaben und gab mein Bestes, bis es endlich soweit war.

Der Tag der Geburt war gekommen, jedoch nicht so, wie wir uns das vorgestellt hatten. Das Baby - wir konnten den Arzt mit einfachsten

Mitteln daran hindern, uns zu verraten, was für eine Art Menschenkind zu uns kommen würde - war soweit.

Da begriffen wir, dass es immer der neue Erdenbürger war, der bestimmte, wann es losging.

In unserem Fall war es mitten in der Nacht, als sich die Fruchtblase dazu entschloss, leckzuschlagen. Die aufgeregte Stimme meiner Frau bei dem Anruf auf meiner Arbeitsstelle zeugte von einer Grundnervosität, die ich durchaus teilte. Nun musste es schnell gehen, dachten wir, und ich holte beide - die Beinahe-Mutter und den Fast-Neuankömmling – in kompakter Form von zuhause ab. Der schnellste Weg ins Krankenhaus war Pflicht und die Ankunft dort die Kür an diesem dramatischen Morgengrauen.

Wir verloren nicht viel Zeit, um in den ersten Stock zu gelangen, wo schon unsere Hebamme wartete. Ihre lapidare Bemerkung, dass wir ja noch viel zu früh wären, konnte uns werdende Eltern nicht wirklich beruhigen. Als sie dann noch einen drauflegte, indem sie sagte, dass wir noch ein wenig im Gang auf und ab gehen sollten, folgten wir ihrem weisen Rat. Allerdings nur ihrer Gesundheit zu liebe …

Es folgten mehrere Stunden, die mir äußerst lang vorkamen, denn während meine Frau die Nacht geschlafen hatte, war ich arbeiten gewesen und nun entsprechend müde. Wir liefen uns aber gerne die Füße flach, denn die Hebamme meinte, dass dies den Geburtsvorgang einleiten könnte.

Sie sollte recht behalten, auch wenn das Noch-nicht-ganz-Geborene es ein wenig anders sah und seinen kleinen Dickkopf natürlich durchsetzte. Erst gegen Nachmittag war es bereit, sich uns zu offenbaren, und wie es das tat.

Ich war nicht ansatzweise darauf vorbereitet, was folgen würde: Es wurde Zeit, wie unser Kind meinte, und dann ging es recht flott. Atmen, pressen und dabei die Hand zerquetscht bekommen, die man nur zur seelischen Unterstützung ausgeliehen hatte, und waren der Preis, den wir für den schönsten Moment in unserem Leben bezahlten: Die Geburt unserer Tochter Sophie!

Nichts, was ich davor oder danach noch in meinem Leben mitbekommen durfte, lässt sich derart schwer in Worte fassen. Das Schreien, der erste Blick und das In-den-Händen-halten dieses bezaubernden Geschöpfs verblüffte mich damals und heute immer wieder, wenn ich in einem stillen Moment daran zurückdenke.

Abschließend schnitt ich noch die Nabelschnur durch und durfte dieses kleine Wesen baden. Ich tat dies alles, wie in einem verzauberten Nebel gefangen, und da wurde mir klar, wieso man es das Wunder der Geburt nennt. Es war einfach wunderschön!

Dass wir Jahre später dieses Phänomen bei unseren beiden Zwillingssöhnen erneut erleben durften, nahm diesem Ereignis nichts von seinem Gehalt. Jedes unserer Kinder nahm uns gleichermaßen vom ersten Augenblick an gefangen und wir möchten sie nie missen wollen.

Bernar LeSton (48)
www.geschichtenundanderetexte.blogspot.de

Wunder

Was sind Wunder? Der Duden sagt dazu:

*„Außergewöhnliches, den Naturgesetzen oder aller Erfahrung wider-
sprechendes und deshalb der unmittelbaren Einwirkung einer göttlichen
Macht oder übernatürlichen Kräften zugeschriebenes Geschehen, Ereignis,
das Staunen erregt".*

Das Staunen erregt. Das ist für mich eigentlich die wichtigste Aus-
sage. Mit dem Rest kann ich nicht viel anfangen. Zumindest nicht in
meinem alltäglichen Leben. Und da geschehen die schönsten
Wunder. Für mich ist ein Wunder etwas, das mich glücklich macht,
ohne dass ich es aktiv beeinflussen kann.

Meine Kinder könnten für mich Wunder sein. Das eigentliche Wunder aber für mich daran ist, dass sie gesund sind. Es gibt so viele
behinderte oder kranke Kinder. Einige sind leider schon so geboren
worden. Ich habe zwei wunderbare gesunde und glückliche Kinder.
Und das ist nicht selbstverständlich. Also ist es für mich ein großes
Wunder, das ich mir jeden Tag bewusst mache. Wenn sie aus vollem
Herzen lachen, wenn sie vor Glück strahlen, sich müde ankuscheln
oder wenn sie Trost suchen weil sie traurig sind. Das unendliche
Vertrauen, das sie mir entgegen bringen ist mein Wunder. Kinder
hinterfragen dich nicht, sie akzeptieren dich so wie du bist. Sie lieben
dich so wie du bist. Das ist etwas, das wir als etwas Wunderbares
erkennen sollten und nicht als selbstverständlich hinnehmen.

Viele Menschen warten auf große Wunder. Dabei merken sie gar
nicht wie viele Minimomente sie verpassen, die Großes bedeuten.
Meine Tochter hat kurz nach der Geburt ihres Bruders ihre frische
Tapete beklebt. Im ersten Moment habe ich überhaupt nicht darauf
geachtet, was sie dran geklebt hat. Ich war einfach froh, dass sie

schneller war mit Reden als ich mit Schimpfen. Sie sagte: „ Mama, ich habe mir das Foto von meinem Bruder an die Wand geklebt, damit er immer bei mir ist, auch wenn ich schlafe." Ist das selbstverständlich? Nein, für mich nicht. Ich habe mir Horror-geschichten anhören müssen, wie sich das ältere Kind verändert, wenn ein Baby dazu kommt. Aber ich durfte erfahren, dass es auch anders geht. Das war für mich ein Wunder. Es hat mich so berührt, dass das Foto da heute noch klebt.

Leider gibt es auch die negativen Wunder. Dinge, die man so nie erwartet hätte. Menschen, die Dinge tun, die man nie gedacht hätte. Nach einer Weile vertrauen wir unseren Mitmenschen. Freunde, Geschwister, Eltern. Wenn sie uns etwas sagen, würden wir das nie hinterfragen. Warum auch? Wir vertrauen ihnen schließlich. Wenn es aber doch mal zu einer Situation kommt, in der wir herausbekommen müssen, dass wir hintergangen wurden. Kraft, Liebe und Vertrauen in eine Person gesteckt haben und dann so verletzt werden. Nicht umsonst können dir die Menschen am meisten wehtun, die du am stärksten liebst.

Aber es ist egal, was es genau ist. Jeder sieht die Dinge anders. Wir müssen nur ein Auge dafür haben. Den Kindern beim Spielen zusehen, statt auf's Smartphone. Den Tieren draußen zuhören, statt ständig am PC zu sitzen. Die Natur riechen, wenn wir spazieren gehen. Kleine Dinge tun, die in uns Großes bewirken. All das und noch viel mehr ist der Weg um wunderbare Dinge zu erfahren, in dieser sehr schnelllebigen Welt.

Bettina (28)

„Wunder stehen nicht im Gegensatz zur Natur, sondern nur im Gegensatz zu dem, was wir über die Natur wissen."

- St. Augustin –

Aus heiterem Himmel

Es war einmal ein Mädchen. Ihr Name tut nichts weiter zur Sache.
Dieses Mädchen stand kurz vor seinem 16. Geburtstag und genoss die Osterferien.
Die Jugendliche liebte es auszuschlafen und einfach mal in den Tag hineinzuleben, auch wenn es da etwas gab, das manchmal störte.
Seit längerer Zeit hatte sie des Öfteren Kopfschmerzen, die sie aber auf die Temperaturschwankungen und das Wetter schob.
Hätte sie sich früher untersuchen lassen, hätte man wohl Schlimmeres verhindern können.
Mitte der zweiten Ferienwoche passierte es dann. Die Kopfschmerzen wurden unerträglich stark. Vergleichbar mit einem Luftballon, der im Innern des Schädels aufgeblasen wurde.
Ständig musste sie sich übergeben. Bald schon drohte sie zu dehydrieren, da sie nicht einmal etwas trinken konnte, ohne sich zu übergeben.
Von ihren Eltern wurde sie ins Krankenhaus gebracht und dort gründlich untersucht. Die Diagnose schockte alle Beteiligten. Gehirnblutung, mit 15. Und der Größe nach zu urteilen, könnte sie auch nach einer erfolgreichen Operation nichts mehr an ihrer linken Körperhälfte benutzen.
Das Mädchen hatte zu große Schmerzen um genauer darüber nachzudenken, was eine Operation bedeuten könnte. Ein sehr eingeschränktes Leben, oder sogar den Tod.
Sie hatte keine Angst. Die besorgten Eltern aber sehr wohl. Und das nicht zu knapp, so dass alle außer dem Mädchen Angst vor dem 10. April hatten. Dem Tag der Operation.
Das Kind wollte einfach nur, dass die Schmerzen aufhören und dachte immer noch nicht an das, was geschehen könnte.
So wurde die Jugendliche in den Operationssaal gebracht. Eine, zwei, drei Stunden verstrichen. Und nach der vierten raufte sich der

Vater des Mädchens schon die Haare vor Sorge.

Doch dann war es vorbei. Für das Mädchen war es vorbei. Die Jugendliche war tot. Sie war in einem Gang, der immer heller wurde. Doch dann sagte ihr eine Stimme, es sei noch nicht so weit. Sie wurde zurück geschickt.

Wie durch ein Wunder erwachte das Mädchen doch aus dem Narkoseschlaf und wurde wieder auf die Intensivstation des Krankenhauses gebracht, wo es sich erholen durfte. Elend langsam vergehende Wochen folgten für das Mädchen, in denen es mit Medikamenten vollgepumpt auf ihrem Krankenbett lag und immer wieder nach einem Kribbeln in der linken Hand gefragt wurde. Nichts. Kein Kribbeln. Keine verzögerten Reflexe.

Laut Ärzten eigentlich unmöglich, aber trotzdem hatte die Jugendliche keinerlei Probleme dem Arzt fest die Hand zu drücken, wenn er danach verlangte. Nachts wurde ihr immer wieder in die Augen geleuchtet und, auch wenn sie wusste, dass es notwendig war, nervte es sie zutiefst. Sie wollte um 3 Uhr nachts doch einfach nur schlafen. Trotz allem war sie dankbar. Dankbar, dass sich jemand um sie kümmerte. Dankbar dafür, dass sie leben durfte.

Und nicht zuletzt: Dankbar dafür, dass sie ihren kompletten Körper bewegen und benutzen konnte. Ohne ein Kribbeln. Ohne verzögerte Reflexe und dass sie mit ihren knapp 16 Jahren noch ihr ganzes Leben vor sich haben durfte.

Sie kam bald auf die normale Krankenstation, weil die Kinder und vor allem Babys auf der Intensivstation zu laut waren.

Sie lag eine Weile alleine im Zimmer und schon bald fühlte sie sich einsam.

Aber sie wünschte sich eigentlich nicht, Gesellschaft zu bekommen, denn sie war nicht so egoistisch anderen einen Unfall zu wünschen, nur um jemandem zum Reden zu haben.

Trotz allem bekam sie bald zwei vorläufige Mitbewohnerinnen.

Die eine auf den Tag genau so alt wie sie selbst und die andere zwei Jahre jünger.

Die eine hatte tatsächlich einen Unfall mit ihrem Roller, die andere hatte sich einen Wirbel ausgerenkt beim Hochsprung in der Schule.

Sie lachten viel, aßen zusammen und sahen fern. Doch wie es in einem Krankenhaus nun mal so ist, man hält sich dort nur so lange auf, bis man genesen ist.

Zuerst musste sich unsere Jugendliche von dem jüngeren Mädchen verabschieden, dann schließlich von dem gleichaltrigen.

Sie fühlte sich schnell wieder einsam, doch lange hatte sie dafür keine Zeit, denn sie selbst durfte bald wieder nach Hause gehen. Sie sehnte den Tag herbei.

Dann war er endlich da. Doch die Ärzte ließen sie warten. Ungeduldig, wie junge Menschen es nun einmal sind, hopste sie auf ihrem Bett herum, sah sich Nachmittagsgerichtssendungen im Fernsehen an und ging unruhig im Zimmer auf und ab, was ihre Mutter beinahe in den Wahnsinn trieb.

Dann kamen die Ärzte und ließen die Mutter des Mädchens die notwendigen Unterlagen ausfüllen.

Und endlich, endlich durfte die Jugendliche zurück! Heim! In kaum einem Moment in ihrem Leben hatte sie sich so frei gefühlt.

Nichts konnte sie nun noch aufhalten. Das Leben konnte ihr noch so viele Steine in den Weg werfen. Alle würde sie beiseite räumen. Ihr Leben hatte in diesem Operationssaal von neuem begonnen. Sie und nur sie konnte nun bestimmen, wo sie hinwollte und was sie tun wollte. So fühlte es sich für sie an.

Sie lebte ihr Leben weiter, wie sie es für richtig hielt. Von einigem musste sie sich trennen, auch von guten Freunden, die sie nicht mehr verstehen konnten. Anderes gewann sie zurück oder bekam es neu geschenkt.

Sie benahm sich wie alle in ihrem Alter. Doch in ihrem Innern wusste sie, sie war anders. Sie würde nie mehr so sein wie die anderen.

Denn sie wurde von einem Wunder berührt. Ohne dieses Wunder wäre sie nicht mehr am Leben.

Und ich muss es wissen, denn dieses Mädchen, das dort im Krankenhaus sein Leben zurück bekam, trägt meinen Namen.

Judith (16)

„Ich glaube immer noch an Wunder.
Ja, ich weiß, es kommt der Tag,
an dem sie jeder von uns sieht.
Ich glaube immer noch an Wunder
und meine Hoffnung darauf,
die kann mir keiner stehlen."

- Die Toten Hosen aus dem Lied „Wunder" -

Die Welt ist voller täglicher Wunder.

Meine Geschichte zum Wunder bin ich selbst. Als ich 10 Jahre alt war. Mein Bruder besaß damals ein Motorrad. Er wollte unsere Halbschwester (sie wohnte 60 km entfernt von uns) besuchen. Meine große Schwester und ich hatten uns ganz schön in der Wolle, weil wir beide mitfahren wollten, auch mein Bruder wollte lieber meine große Schwester mitnehmen, aber ich wollte mit, ich habe alles gegeben, um mitfahren zu dürfen.

Letztendlich habe ich gewonnen, meine Schwester war natürlich ganz schön sauer auf mich, habe die schönste Hose und Pulli angezogen, damals gab es noch keine Helmpflicht wie heute, ich setzte meine schönste Mütze auf, und los ging`s. Der Besuch war nur kurz und wir machten uns auf den Heimweg. Fünf Km von zu Hause weg war ein Reiterhof, dort war an dem Tag gerade eine Pferdeauktion. Auf der Höhe des Reiterhofs hat uns ein Betrunkener die Vorfahrt genommen. Ich flog über das Auto hinweg und knallte gegen einen großen Feldstein. Ab da weiß ich selber nichts mehr. Von den Erzählungen her habe ich fürchterlich geschrien und bin mit dem Hubschrauber ins Krankenhaus `Links der Weser´ geflogen worden.

Ihr fragt Euch jetzt bestimmt, was hat das mit Wunder zu tun. Für mich ist es ein Wunder, dass ich keine körperlichen und geistigen Schäden davon getragen habe. Die Diagnose war Schädelhirnfraktur 1.Grades und 12. und 13. Wirbelfraktur. Mein Wunder war es auch, keinen Helm getragen zu haben, der hätte mir das Genick gebrochen, und dass ich nach langer Bewusstlosigkeit heute eine Familie gegründet habe und auf dieser schönen Erde leben darf, das ist mein Wunder.

Wunder geschehen immer und immer wieder, wir müssen sie nur wahrnehmen! Ist es nicht so, wenn wir Trauer oder Schmerz empfinden, tief in uns gekehrt sind, dass von irgendwo ein Licht erscheint, sei es nur in einer Umarmung oder Telefongespräch, egal was, es holt uns zurück.

So wie der Spruch: „Wenn du meinst es geht nichts mehr, kommt von irgendwo ein Licht her".

Danke, Danke!

Petra (51)

Das Monster

Emil Huber, 9 Jahre alt, ging an einem kalten Dezembertag zu seinem Freund Anton Berger. Er wollte sich mit Anton im Kino „Das Gruselschloss im Nebelwald" angucken. Anton wohnte in der Opferstraße Nummer 4, und Emil in der Nummer 17.
Bei Anton packten sie alles ein, was sie für nötig hielten (z.B. Cola, Popcorn, usw.). Am Kino angelangt, holten sie sich Ihre Karten.
In dem Film handelte es sich um ein Schloss, das in einem Wald stand. Das Schloss stand jahrelang leer und wurde für 30 000 $ in Texas gekauft. Der Besitzer – Albert Engler – kam sofort zu dem Schloss und wollte in das Schloss einziehen. Allerdings wurde das Schloss von einem Monster bewacht, das jedes Lebewesen tötet, das sich dem Schloss nähert. Doch am Ende gelang es Albert Engler, das Monster zu besiegen.

Nachdem der Film vorbei war und sie in den überfüllten Bus stiegen, unterhielten sie sich gut gelaunt. Zurück bei Anton machten sie beide Hausaufgaben, um später in Ruhe Fußball gucken zu können.
Als Emil ins Bett ging, kam ein merkwürdiges Ding durch das geschlossene Fenster geschwebt und stellte sich vor: „Hallo Emil, ich bin Albert Engler und du hast meinen Film gesehen."
„Äh ja, und was willst du hier und vor allem was bist du?", fragte Emil.
„Ich bin der Geist von Albert Engler", sagte der „Geist".
„Ja natürlich, und ich bin Micky Maus.", fiel Emil ihm ins Wort.
„He, nicht so eilig Jungchen, ich werde dir beweisen, dass ich ein Geist bin. Morgen früh wirst du in meiner Zeit aufwachen.", sagte Albert Engler.
„Hübscher Versuch, Albert."

Am nächsten Morgen wachte Emil fröstelnd auf. Er lag mitten im

Wald und merkte, dass er viel größer als sonst war und eine Brille trug. Von weiterer Entfernung kam ein tiefes Grollen. Plötzlich wusste Emil, wo und wer er war: Er war Albert Engler, und er war in dem Nebelwald. Er merkte etwas an seiner Seite - es war ein Schwert. Er wusste, mit dem Schwert würde er gegen das Monster kämpfen müssen. Er hatte Angst, unglaubliche Angst.

Er warf einen Blick auf seinen Kompass und ging dann in nordöstliche Richtung. Ungefähr eine halbe Stunde später sah Emil das Schloss. Er musste sich bemühen, die Fassung zu behalten, denn er sah vor sich ein riesiges Monster. Er überlegte, was Albert Engler jetzt gemacht hätte. Plötzlich sprang er aus seinem Versteck. Emil wusste selbst nicht mehr, was er tat. Doch er wusste, dass es jetzt ernst wurde. Im nächsten Moment stand er schon vor dem Monster und wusste, dass er jetzt kämpfen musste. Das Monster drehte sich um und sah Emil direkt in die Augen. Emil zückte sein Schwert und sprang auf das Monster zu. Das Monster grollte und ging mit riesigen Schritten auf Emil zu. Emil packte sein Schwert noch fester und stach dem Monster mitten in die Brust. Doch die Klinge prallte einfach von der Brust des Monsters ab. Emil erinnerte sich an den Film. Die einzig verwundbare Stelle des Monsters waren die Augen. Das Monster griff Emil an und er konnte sich nur im letzten Moment retten. Das Monster griff Emil erneut an, diesmal konnte Emil nicht mehr ausweichen. Er flog durch die Luft und warf sein Schwert mit letzter Kraft auf das Monster zu und traf es mitten ins Auge. Danach landete er ziemlich unsanft auf dem Boden.

Als er wieder zu sich kam, war er in seinem Zimmer. Er fühlte etwas in seiner Tasche, es war der Kompass von Albert Engler, der jetzt durch das Fenster geschwebt kam.

„Na, glaubst du jetzt, dass es meinen Geist gibt?", fragte er.

„Beweis es mir erst mal! Welcher Tag ist heute?", fragte Emil ihn.

„Elfter Dezember, 19:37 Uhr", sagte Albert Engler.

„Okay, du bist ein Geist", sagte Emil, und Schwupp war der Geist weg.

Als Emil nach unten kam, fragte seine Mutter ihn sofort: „Wo warst du denn den ganzen Tag?"
„Das würdest du mir doch eh nicht glauben", antwortete Emil.

Finn (10)

„Diejenigen, die nach Wundern
verlangen, werden nicht gewahr, daß sie
damit der Natur eine Unterbrechung
ihrer Wunder abverlangen."

- Antoine de Rivarol -

Shangri - La

Ich habe das Fliegen immer geliebt. Vielleicht liegt es daran, dass ich einer Generation angehöre, in deren Kindheit Fliegen alles andere als selbstverständlich war. Das Abenteuer beginnt ja nicht erst, wenn man auf seinem Flugzeugsitz Platz genommen hat. Die Atmosphäre auf den großen Flughäfen dieser Welt, das internationale Stimmengewirr, die vielen verschiedenen Menschen – es gibt für mich nichts Spannenderes. Geschäftsreisen führten mich in die USA, nach Asien, Moskau, Paris, Mailand, London, Istanbul. Ich führte meine Verhandlungen, traf mich am Abend mit Geschäftspartnern zum Essen in teuren Restaurants und flog wieder zurück. So war es immer und nichts deutete darauf hin, dass die bevorstehende Reise nach Hongkong anders verlaufen sollte als jede andere Reise zuvor. Dieses Mal war nur der Zeitpunkt ungewöhnlich: es war der Abend vor Weihnachten. Ein dringendes Problem in einer Fabrik in China musste vor Ort geklärt werden. Warum also nicht dem deutschen Weihnachtskitsch entfliehen und den vierundzwanzigsten Dezember in einem Luxushotel verbringen? Das war allerdings nicht so einfach, der ganze Flughafen war eine einzige Weihnachtswunderwelt, außer mir schienen alle anderen in freudiger Erwartung zu sein. Einen Moment lang ertappte ich mich dabei, wie ich an früher dachte, an Weihnachten mit meinen Eltern und meiner Schwester, mit Baum und Kerzen und Liedersingen. „Sentimentaler Kitsch", dachte ich, checkte mein Gepäck ein und ging direkt zu meinem Abfluggate. Wie immer war ich spät dran, das viele Reisen hatte mich irgendwann dazu verleitet, ständig auf den letzten Drücker am Check-In anzukommen, ich nannte mich selbst spaßeshalber „Doktor Kimble auf der Flucht" – die Erfahrung hatte mich gelehrt, dass es irgendwie immer noch klappte. An diesem Tag war aber alles anders als sonst. Ich fühlte mich seltsam gehetzt und verfluchte schon im Stillen die Entscheidung, Weihnachten in Hongkong im Hotel zu verbringen.

„Was für eine Schnapsidee", dachte ich.

Trotzdem – spätestens am 24. Dezember musste ich irgendwo weit weg von zuhause sein. Dieses Mal eben in Hongkong. Lange Schlangen an den Kontrollen und ein weiter Weg zum Gate brachten mich dann aber doch ins Schwitzen. Als ich endlich ankam, war der Warteraum bereits leer. Eine freundlich lächelnde Bodenstewardess kam auf mich zu: „Herr Winkler? Norman Winkler?" „Ja, das bin ich – sind Sie denn schon durch mit dem Boarding?" „Ja, das sind wir, bitte folgen Sie mir, ich begleite Sie zu Ihrer Maschine." Einen kurzen Moment wunderte ich mich, folgte der jungen Frau dann aber ohne Zögern und ohne nochmals einen Blick auf die Anzeigetafel am Gate zu werfen. Heute frage ich mich, ob ich überhaupt am richtigen Gate gewesen bin? Aber es ist müßig, sich darüber Gedanken zu machen, die Dinge nahmen ihren Lauf und ich war mittendrin in dieser Geschichte. Wir gingen durch einen Gang und betraten die Maschine. Ich wunderte mich, die Uniform der Flugbegleiter und die Innenausstattung der Kabine waren vollkommen anders als ich es kannte. Aber irgendetwas zerstreute auch jetzt meine Zweifel und ich ließ mich von der charmanten jungen Frau zu meinem Sitzplatz führen. „Danke, ich kenne meinen Platz, ich sitze immer auf 9 H", sagte ich, doch sie hielt mich zurück. „Entschuldigen Sie, Herr Winkler, aber Sie sitzen Reihe 3, hier entlang bitte." „Nein, sehen Sie doch", ich hielt ihr meine Bordkarte unter die Nase, „hier steht es doch: 9H!" Sie nahm die Bordkarte, studierte sie ernsthaft und gab sie mir zurück mit den Worten:

„Sie müssen sich vertan haben, es ist Sitz A, Reihe 3". Ich starrte ungläubig auf das Stück Papier und las meinen Namen und die Sitzplatznummer: 3 A. Eine Viertelstunde zuvor hatte ich die Karte in der Hand gehalten und nochmals überprüft, ob meine Assistentin auch wirklich meinen „Stammplatz" gebucht hatte, 9 H. Ich hatte es gelesen, schwarz auf weiß, ich war mir vollkommen sicher.

In der Zwischenzeit hatte mich die Stewardess sanft aber mit Nach-

40

druck zu Reihe 3 bugsiert.

„Darf ich Ihnen den Mantel abnehmen?" Widerstandslos ließ ich mir den Mantel abnehmen und mich in meinen Sitz schieben. Was war bloß los mit mir? Warum war ich nicht in der Lage, die Situation zu klären? „Boarding completed" hörte ich die bekannte Ansage. Die Türen wurden verschlossen und das Flugzeug setzte sich in Bewegung. Ich saß immer noch wie hypnotisiert auf meinem Platz und starrte nach vorne wie das Kaninchen auf die Schlange. Jetzt erst bemerkte ich, dass die Plätze um mich herum alle leer waren. Der Flug war ausgebucht gewesen, ich hatte ja noch beim Check – In gefragt, ob die Maschine voll sein würde. Ich zog wieder meine Bordkarte aus dem Jackett und las meinen Namen, die falsche Sitz-platznummer, Flug FRA – SHANGRI-LA .Sollte das ein Witz sein? Shangri-La war ein Hotel in Kowloon, mir war nicht bekannt, dass es einen Flughafen dieses Namens gab. Die Maschine beschleunigte, ich wurde in den Sitz gedrückt. Dann spürte ich, wie sie abhob. An den restlichen Flug kann ich mich nicht mehr erinnern. Ich muss ein-geschlafen sein. „Herr Winkler?" Jemand berührte mich sanft an der Schulter. „Herr Winkler, bitte stellen Sie Ihre Lehne gerade, wir landen in Kürze." Ich öffnete die Augen und versuchte mich zu orientieren.

„Willkommen in Shangri-La." Ich war noch nicht ganz wach, aber so viel wusste ich, Shangri-La war kein Ort, an dem man ankommen konnte. Ich trat aus dem Flugzeug, auf eine Gangway, wie vorsint-flutlich. Ich war definitiv nicht auf dem hypermodernen Flughafen von Hongkong gelandet, dort gab es wahrscheinlich überhaupt keine Gangways mehr. Ich ging die Stufen hinunter und stieg in einen Bus. Noch während der Fahrt zog ich mein Handy aus der Tasche und stellte es an. „Kein Netz" verkündete es. Das konnte nicht sein, an jedem zivilisierten Ort dieser Welt hatte man heutzutage Empfang, erst recht an allen Flughäfen dieser Welt. Der Bus hielt an einem kleinen Gebäude an. Der Name „Shangri-La" prangte in goldenen

Buchstaben an der Wand über dem Eingang. Ich betrat das Flughafengebäude oder was es auch immer war durch eine schwere graue Metalltür und stand - im Flur meines Elternhauses. Jetzt wusste ich endgültig, dass ich träumte. Ich schlug mir mit der flachen Hand auf die Wange, um mich aufzuwecken, da öffnete sich die Tür neben mir. „Was machst du denn hier draußen", hörte ich meinen Vater sagen. „Komm rein, Junge." Da saßen sie, als ob nichts geschehen wäre. Meine Mutter, mein Vater, meine Schwester und ihr Mann. Sie winkten mich an den Tisch und wir feierten Weihnachten wie immer. Es roch nach Mamas Apfelpunsch und Zimtsternen, mein Schwager sang wieder mit voller Inbrunst, aber völlig falsch „Stille Nacht" und mein Vater wischte sich eine Träne aus dem Augenwinkel, als Mama die Weihnachtsgeschichte vorlas. Ich erinnere mich, dass ich einfach nicht mehr darüber nachdenken wollte, ob es ein Traum war. Insgeheim war es seit Jahren mein innigster Wunsch gewesen, einmal wieder so zusammen Weihnachten zu feiern. Je gehetzter ich um die Welt jettete umso größer wurde er. Wir gingen spät ins Bett, soviel hatten wir uns zu erzählen nach all den Jahren. Eigentlich habe nur ich erzählt, alle wollten wissen, was ich so erlebt hatte. „Schade, dass du morgen wieder abfliegen musst", sagte meine Schwester. „Ja, wirklich schade", sagte ich mechanisch. Zum Abschied gab mir mein Vater ein kleines, in rotes Papier eingewickeltes Päckchen. „Pack es erst aus, wenn du im Flugzeug bist, okay?" „Alles klar, Paps." sagte ich und steckte das Päckchen in meine Jackentasche.

Später lag ich in meinem alten Kinderzimmer im Bett und zwickte mich in den Arm. Was war hier los? Am nächsten Morgen wurde ich vom Bus abgeholt. Ich wunderte mich schon nicht mehr darüber, doch jetzt wollte ich nicht mehr weg. Ich wollte bleiben, in Shangri-La oder wo immer ich hier war. Aber es war wie ein Film, der rückwärts abgespielt wird. Ich stieg in das Flugzeug, dieselbe Flugbegleiterin, derselbe Sitzplatz, wieder schlief ich ein. „Herr

Winkler?" Jemand berührte mich sanft an der Schulter. „Herr Winkler, bitte stellen Sie Ihre Lehne gerade, wir landen in Kürze."

Ich öffnete die Augen und versuchte mich zu orientieren. Der Bildschirm vor mir zeigte den Landeanflug auf Chep Lak Kok, den internationalen Flughafen Hongkong. Ich sprach eine Flugbegleiterin an: „Welchen Tag haben wir heute?" „Heute ist der 25. Dezember", sagte sie und sah mich verwundert an. „Kennen Sie Shangri-La?" fragte ich sie.

„Shangri-La – ist das nicht ein mystischer Ort in Tibet?" Sie sah mich an. „Jeder hat wohl sein eigenes Shangri-La", sagte sie bedeutungsvoll. Sie bückte sich und hob eine Tageszeitung auf, die neben meinem Sitz auf dem Boden lag. „Bitte schön", sagte sie, und legte sie auf meinen Schoß. Ich las die Schlagzeile: „Zehn Jahre danach: Erinnerungen an die Todeswelle vom 25.12.2004". Als ich meine Jacke anzog, fand ich in der Tasche ein kleines, in rotes Papier eingewickeltes Päckchen.

Carmen (53)
www.gingerpoetry.com

Glück gehabt

Wenn ich ein Wundermacher wäre, dann würde ich zum Beispiel so ein Wunder machen: Ich würde in eine Fabrik gehen, die Maschinen zum Thema Wunder herstellt...

Jetzt bin ich gerade in so einer Fabrik. In der Fabrik geht es ziemlich laut zu. In einem Fernseher läuft gerade ein Wunderfilm: Eine Frau ist mit einem Mann in einer Bar und sie trinken etwas miteinander. Sie gehen nachher wandern in die Berge. Sie laufen und müssen unter einem Felsen hindurch. Zwei Minuten später kracht ein Felsen herunter. „Das war jetzt knapp und ein halbes Wunder, dass wir nicht gerade dann unter dem Felsen durchgelaufen sind!", sagt die Frau. „So, jetzt muss ich aber nach Hause. Es ist schon acht Uhr. Tschüss, bis morgen!"

Tara (10)

„Das große unzerstörbare Wunder ist
der Menschenglaube an Wunder."

- Jean Paul -

Wunder

Ein Mann mit weißen Haaren und einer Nickelbrille auf der Nase kam durch die Türe hereingetreten. Sein weißer Kittel wirkte nagelneu und frisch gebügelt. Er hatte einen Umschlag in der einen Hand und eine Kaffeetasse in der anderen. Aufmerksam musterte er den Mann, der in Lumpen gekleidet an den Stuhl gekettet war. Als er sich gesetzt hatte, nahm er noch einen Schluck von seinem Kaffee. Ein Löffel Zucker und viel Milch, so wie er ihn mochte.

Die Befragung des Patienten würde ihn wieder viel Zeit kosten und er hatte doch noch dieses wichtige Golfspiel mit dem Vorstand über seinen Vorschlag der neuen Abteilung. Dann könnte er endlich diese lästigen Verrückten jüngeren Psychiatern überlassen.

„So Herr Zimmerer. Sie wissen, weshalb Sie hier sind?"
Der Mann hob müde sein Gesicht. Er wirkte so, als wäre er seit einer geraumen Zeit in der Wildnis gewesen, so lang waren seine Haare und sein Bart. Die dunklen Augenringe zeugten von Schlafentzug.
„Ja. Sie halten mich für verrückt."
Der Kugelschreiber, welchen der Arzt plötzlich in der Hand hielt, fuhr bereits über einen Zettel, der in dem Umschlag steckte.
„Und Herr Zimmerer, weshalb sollte ich Sie für verrückt halten?"
Der Mann fuhr sich nervös mit der Zunge über die Lippen. Er faltete seine Hände und legte sie vor sich auf dem Tisch ab.
„Ich spreche mit Gott." Der Arzt blickte ihn über den Rand seiner Brille an.
„Das tun doch die Priester auch, oder? Das wäre doch kein Grund, dass Sie hier sind!"
„Aber die hören meinen Vater nicht." Der Arzt blieb mitten in seiner Bewegung stecken.
„Gott spricht zu Ihnen?"
„Naja, sprechen würde ich das nicht gerade nennen. Eher Befehle

erteilen. Sie wissen schon. Tu dies. Heile jenen. Füttere die Armen."
Der Arzt hob die Hand und blätterte den Umschlag durch. Dann zog
er triumphierend ein Blatt hervor.

„War das nicht die Anzeige, in der Sie unerlaubt Alkohol ohne
Versteuerung ausgeschenkt hatten?" Der Mann schüttelte seinen
Kopf so heftig, dass die Haare anfingen zu fliegen.

„Das war die Hochzeit von einem Jugendfreund. Der hatte zu wenig
Wein und ich habe halt etwas Wasser gewandelt. Ich bin aber aus
Mangel an Beweisen freigesprochen worden."

„Ja, hier steht, dass sie den Wein in einem Kübel hatten."

In einer hilflosen Geste hob er seine Hände, soweit es seine
Handschellen zuließen.

„Ich konnte es ja schwer in der Wasserleitung machen, oder?"

Wieder suchte er nach einem Zettel.

„Hier steht, dass sie weiters einen Verkaufsstand zerstört haben und
den Händler bedrohten."

Der Mann ließ sein Gesicht in die Hände gleiten.

„Das war doch nur ein jugendlicher Anflug von Zorn über diesen
scheinheiligen Mann, der in der Kirche falsche Geschichten verkauft
hat. Die Geschichte ist sicher schon zwanzig Jahre her."

„Herr Zimmerer. Ich soll hier ihre Zurechnungsfähigkeit überprüfen.
Sie sind schwerer Verbrechen angeklagt. Sie sollen terroristische Ak-
tivitäten angeführt haben."

„Halt. Ich habe eine friedliche Demonstration angeführt. Einige
Leute sind dann dazu gekommen und die haben mit Steinen ange-
fangen zu werfen. Ich habe sie versucht aufzuhalten, aber sie haben
mich wohl falsch verstanden..."

Der Arzt steckte den Kugelschreiber in seine Brusttasche und blickte
ihn ernst an.

„Herr Zimmerer. Sie sollen den Befehl gegeben haben. So werfe den
ersten Stein!"

„Hören Sie. Ich sagte, wer ohne Sünde ist, der werfe den ersten Stein.

Sie hätten nie werfen dürfen."

Ein Foto war aus dem Umschlag gerutscht. Ein zerschlagenes Gesicht war darauf zu sehen.

„Es kamen viele Menschen bei diesem Aufmarsch ums Leben, Herr Zimmerer."

Tränen rannen über das Gesicht des Mannes.

„Ich habe versucht sie zu heilen. Aber es waren so viele. Ich bat meinen Vater um ein Wunder..."

Der Arzt schlug zornig mit der Faust auf den Tisch.

„Genug jetzt mit Wundern. Sie sind der Anstifter dieser Sache. Sie werden belangt, ob Sie wollen oder nicht. Ich werde Sie als haft-tauglich einstufen."

Der Mann blickte auf und sah durch ihn hindurch.

„Es tut mir leid, aber ich werde diesen Weg gehen müssen. Mein Vater hat mir diesen Auftrag gegeben."

Der Arzt unterschrieb den ersten Zettel und packte dann alle wieder in den Umschlag. Dann stand er auf und nahm die Kaffeetasse in die Hand. Vermutlich war er inzwischen kalt geworden. Das hasste er an Kaffee. Dass er immer so schnell kalt wurde.

„Sie können ihn ruhig trinken, Doktor Adler. Er ist wieder schön warm, so wie sie ihn gerne haben."

Er blickte zurück, als er an der Türe stand und hob die Tasse zu seinem Gesicht. Tatsächlich stieg der leichte Dampf des heißen Getränks zu ihm auf. So warm war er nicht gewesen, als er hier hereingekommen war. Vielleicht war an dem Mann doch mehr dran, als er sich zugestand. Er schüttelte seinen Kopf und klopfte dann an der Türe. Es war nicht seine Entscheidung. Er wusch seine Hände in Unschuld.

Ludwig (34)
www.alirionsbuch.deviantart.com

48

Vom blau-grünen Drachen, der Olaf hieß, und ein Dorf rettete

In einem Land, in dem ein Mensch nicht überleben konnte, weil es dort so heiß war. Da die Sonne an diesem Planeten sehr nahe war. Dort lebte ein blau-grüner Drache, der sehr groß war. Er war sehr berühmt, denn er rettete jedes Lebewesen, das Hilfe brauchte. Doch an diesem Tag passierte etwas Ungewöhnliches, es wurde dunkel und fing an zu donnern und blitzen. Er wunderte sich, weil es sonst nie geregnet hatte. Es öffnete sich etwas Schwarz-lilanes, daraus kamen dunkle Gestalten, die die Leute verscheuchten. Der Drache spuckte Lava, die die dunklen Gestalten eliminierte. Plötzlich wurde es wieder hell. Der Drache flog ängstlich um seine Freunde. Einer davon hieß Ernie und sein bester Freund Bert. Nur die kamen wieder heraus, schauten sich erschrocken an und Ernie fragte: „Wo sind die anderen denn geblieben?"

Da kam Olaf um die Ecke gebraust und landete mit vielen Flügel-schlägen sanft auf dem Boden. Er wunderte sich, weil sie als einziges wieder zu sehen waren.
"Wo sind die anderen geblieben?"
Ernie antwortete mit ängstlicher, aber fester Stimme: "Ich weiß es nicht. Wir müssen sie finden!"

Sie machten sich auf den Weg, um die Dorfbewohner wieder-zufinden, aber das war gar nicht so leicht, denn viele Menschen rannten vor Olaf, Ernie und Bert weg, wobei sie noch riefen, dass sie lieb waren und ihnen nichts tun würden, was auch stimmte. Sie rannten trotzdem weiter, bis auf eine alte Frau, die wie eine Art Maus auszusehen schien. Sie stand auf der Straße und rief nach Hilfe. Erst wollten sie wissen, warum sie denn Hilfe brauchte.
"Ich brauche Hilfe ...", sagte die alte Frau, „...weil die Monster mir das Bein aufgerissen haben."

Natürlich halfen Olaf, Ernie und Bert ihr. Beim Weitergehen erzählte sie, dass die Dorfbewohner auf den großen Hügel gerannt wären. Viele seien dabei umgekommen, weil die Monster sie gefressen hätten.

Also stiegen die alte Frau, Ernie und Bert auf Olafs Rücken und flogen zum großen Hügel, wo die Leute schon geduldig warteten. Manche von ihnen waren aber auch überaus glücklich Olaf zu sehen. Da er so groß war, sagte er zu ihnen: „Steigt alle auf meinen Rücken. Ich rette euch und bringe euch zurück zum Dorf".

Dort angekommen setzte er sie alle ab und half der alten Dame zurück in ihr Haus. Alle waren glücklich und feierten diese Nacht als die Rettung von 1000 von dem kleinen Dorf aus der Fantasiewelt, die den Namen „Blue Dragon" trägt. Dieser Tag wurde nie vergessen und wird heute immer noch mit einem Fest gefeiert.

Philipp (11)

„Wer nicht an Wunder glaubt,
ist kein Realist!"

- Ben Gurion –

Wundertüte Leben

Wunderbar und sternenklar war die Nacht, in der wir uns fanden.

Ungesehen von der Welt. Nur zwei einsame Seelen, die sich trafen.

Niemand der störte – nur das Geräusch des Windes - Soundtrack unseres Moments.

Du sahst mich an – ich war gebannt. Gefangen in deinem Blick.

Etwas in mir flüsterte: Er ist es – dein Prinz – nur ohne Pferd.

Rosarot die Welt. Träumerisch gefangen im gemeinsamen Paradies.

Gehen wir jetzt zu mir oder doch zu dir?

Irgendetwas sagte mir: Wohl doch kein Prinz - eher der schwarze, heiße Ritter.

Bis zu mir nach Hause war es gar nicht weit.

Trommelschläge meines Herzens - lauter als der schrille Schrei der Vernunft.

Eine Nacht ohne Reue, ohne Gewissen – bis zum Morgengrauen.

Schlafen kann man bekanntlich, wenn man tot ist.

Heute kennen wir uns nicht mehr.

Ich weiß ja nicht einmal deinen Namen.

Nur die Erinnerung: Die bleibt.

Unsere Wege trennten sich im Morgengrauen, ganz plötzlich warst du fort.

Noch der sinnliche Duft der Nacht in der Luft. Seufzend nahm ich Abschied.

Doch tief in mir spürte ich dich noch immer – nur anders als ich dachte.

Wunder gibt es hin und wieder.

Im tiefsten Winter erblickte unser kleines Mädchen das Licht der Welt.

Eine wahrhaftige Prinzessin – Nachfahrin eines edlen Ritters, werde ich ihr berichten.

Dankbar bin ich jeden Tag für dieses große Geschenk – diese Wundertüte der Freude.

Etwas von dir bleibt nun stets bei mir.

Realität und Traumwelt – vereint in einem Wunderkind.

Stefanie (33)

Wunder

Meine Augen fühlten sich verklebt an - die Lider waren furchtbar schwer. Ich versuchte sie - vergeblich - zu öffnen, beließ es dann aber doch dabei mit meinem rechten Zeigefinger zu zucken. Die Bewegung war kaum vorhanden, aber ich fühlte, dass sie dort gewesen war; selbst kaum zu spüren, aber vorhanden. Ich nahm ein schmerzhaftes Stechen in meinem Kopf wahr und hob den Arm, um mir an die Stirn zu fassen. Jedenfalls versuchte ich es; mein Unterarm hob sich vielleicht einen Zentimeter - womöglich waren es auch nur wenige Millimeter gewesen. Ich verstand nicht, warum. Ich verstand vieles nicht.

Warum waren meine Lider so schwer? Warum tat mir mein Kopf weh? Warum konnte ich mich kaum bewegen?

Erst jetzt nahm ich Stimmen wahr, Stimmen, die alle verschieden klangen. Jemand weinte. Jemand anders redete unaufhörlich und eine andere Stimme versicherte, dass Elisa keinen Schmerz verspüren würde. Elisa?

Ich strengte meine Lider an, sich endlich zu heben, ich musste sehen, wo ich war, ich musste sehen, wer weinte, wer sprach. Wer über mich sprach. Aber es gelang mir nicht. Frustriert versuchte ich meine rechte Hand zu einer Faust zu ballen, was aber sehr langsam voranging. Meine Muskeln schienen sich noch an Bewegung gewöhnen zu müssen. Aber warum? Meine Unwissenheit machte mir unglaubliche Angst und ich durchforstete mein Gehirn, mein Gedächtnis, nach Dingen, die mir helfen würden, das hier alles zu verstehen. Ich fand keine einzigen, nichts.

Mein Herz fing an ungewöhnlich schnell zu schlagen, und ich hätte wohl nach Luft geschnappt, wenn ich dazu fähig gewesen wäre, als eine kalte, schwitzige Hand die meine umklammerte. Meine linke Hand, die zu keiner Faust geballt war. Es war meine Chance, mich bemerkbar zu machen. Ohne lange nachzudenken spannte ich meine Muskeln an und übte einen Druck auf die fremde Hand aus, einen leichten, aber er war da. Die Kälte verschwand, ein Scharren und ein hysterisches Schreien ertönte. Ich konnte keine Worte hinaushören, nur ein furchtbares, schrilles Geräusch, welches mir in den Ohren wehtat. Es war furchtbar. Die Person sollte damit aufhören.

Die anderen Stimmen versuchten die Quelle der Schreie zu beruhigen, doch es schien ihnen nicht zu gelingen. Meine Kopfschmerzen vervielfachten sich unangenehm. Aus den lauten, schrillen Tönen verfestigten sich Wörter, zwei Sätze. Mein Gehirn brauchte etwas Zeit, um sie zu verarbeiten, erst dann verstand ich: "Sie...sie...sie hat sich bewegt! Mei...meine Hand..." Bis auf die hysterische Stimme war alles still - die Anderen waren verstummt -, nur ein regelmäßiges Piepen war noch zu hören.

Ich nahm all meine Kraft zusammen, um meine Faust nach rechts schnellen zu lassen; sie stieß gegen etwas Festes, Kühles. Ich stieß wieder dagegen, immer und immer wieder. Sie sollten mir helfen, sie sollten mich bemerken, sie sollten meine Augen öffnen und den Schmerz in meinem Kopf aufhören lassen. Ich schlug und schlug und hörte nicht auf, bis ich wieder eine Hand an meiner spürte. Sie war warm und nicht schwitzig, anders als die der schreienden Person. Sie hatte sich noch immer nicht beruhigt. Ein schmerzerfülltes Stöhnen schlüpfte aus meinem Mund. Sie sollte aufhören, sofort, ich konnte nicht länger...

"Ich glaube, sie hat Schmerzen."
Eine andere Stimme: "Oh Gott...das kann doch nicht sein...das ist

unmöglich...oh mein Gott..."

Ich öffnete meine Hand und schloss sie um die andere, die noch immer auf meiner lag. Helfen Sie mir. Der Druck wurde erwidert. "Elisa." Das Geschrei verstummte, doch der Schmerz in meinem Kopf nicht. "Elisa. Kannst du die Augen öffnen? Kannst du es versuchen?" Ich wollte der Stimme gehorchen. Sie stellte zwar Fragen, doch es war offensichtlich, dass ich das tun sollte, was sie sagte. Und sie blieb ruhig. Also versuchte ich es. Wieder und wieder. Meine Lider zitterten, flatterten, bis ich es schließlich geschafft hatte. Es war so hell, dass ich sie sofort wieder schließen musste.

"Das kann nicht sein, das ist unmöglich...bitte...Dr. Grau, wie...?"

Ich blinzelte wieder, bis sich meine Augen an das Licht gewöhnt hatten. Sie fühlten sich trocken an. Das erste, was ich erkennen konnte, war ein Gesicht, welches sich leicht über mich gebeugt hatte. Es musste der Inhaber der ruhigen Stimme sein. Ich wollte etwas sagen, doch hinaus kam nur ein erbärmliches Krächzen, was mich augenblicklich zum Husten veranlasste. Ich musste mich vorbeugen und eine warme Hand legte sich beruhigend auf meinen Rücken, während ich hustete und krächzte. Nach einer gefühlten Ewigkeit lehnte ich mich wieder zurück, worauf der Mensch mit der ruhigen Stimme das Kopfteil des Bettes erhöhte, in dem ich lag. Jetzt konnte ich fast aufrecht sitzen. "Helfen Sie mir", sagte ich mit leiser, unscheinbarer Stimme und meine Augen fielen mir wieder zu. Ich bekam gerade noch so mit, wie das hysterische Geschrei wieder anfing. Ich war froh, dass ich es ausblenden konnte.

Als ich das nächste Mal aufwachte, fiel es mir leichter, mich zu bewegen und meine Augen zu öffnen. Doch auch jetzt blendete mich das Licht und ich musste mehrmals blinzeln, bis ich meine Umgebung vollständig wahrnehmen konnte. Die weißen Wände taten mir fast mehr weh als das helle Licht. Ich befand mich in einem kleinen Zimmer mit weißem Boden, weißen Wänden und weißen Gegenständen. Einige waren auch silbern. Das waren diese, die neben meinem Bett standen: merkwürdige Geräte, die aufblinkten und piepsten - jedenfalls tat eines das. Es zeigte eine Linie, die regelmäßig auf und wieder ab verlief; unendlich, immer weiter.

Mich an etwas erinnernd, fasste ich mir an die Stirn, doch der stechende Schmerz war verschwunden. Ebenso die Menschen, die sich vorher in diesem Zimmer befunden hatten. Ich wollte mich gerade wieder aufsetzen, als ich leise Stimmen durch den offenen Spalt der weißen Tür hörte. Es war die Stimme des ruhigen Mannes.
"Ich kann Ihnen das wirklich nicht erklären, es ist...nicht zu fassen. Elisa hätte nicht aufwachen dürfen, Sie können sich wirklich glücklich schätzen." Ich hörte Papier rascheln, als würde er etwas nachsehen. "Wir haben sie für hirntot erklärt, alle Anzeichen haben gepasst." Erst jetzt bemerkte ich das leise Schluchzen. "Wir müssen sehen, wie Elisas Zustand sich entwickelt, aber momentan...sieht alles ausgezeichnet aus." Eine kleine Pause enstand, nur das Schluchzen war zu hören. "Leider kann ich Ihnen nicht viel sagen, außer ...dass es ein Wunder ist. Ja, es ist ein Wunder."

Finja (13)

„The Miracle Man" – Der Wundermann

Am 10.03.1981 hat sich das Leben von Morris E. Goodman (alias „The Miracle Man") komplett verändert. An diesem Tag stürzte Herr Goodman mit seinem Flugzeug ab. Er verletzte sich bei diesem Unfall schwer und wurde in ein Krankenhaus eingeliefert. Die dort gestellte Diagnose zeigte das wahrhaft schlimme Ausmaß des Unfalls.

Sein Rückenmark wurde bei dem Unfall komplett zerquetscht und er war somit am ganzen Körper gelähmt. Der erste und zweite Halswirbel waren gebrochen. Außerdem war sein Schluckreflex zerstört, wodurch er weder essen noch trinken konnte. Er wurde künstlich ernährt. Auch war sein Zwerchfell zerrissen und er konnte nur noch mithilfe von Maschinen atmen. Alles was er noch machen konnte, war mit den Augen blinzeln.

Die Ärzte machten ihm keine Hoffnung und sagten ihm, dass dies das Einzige ist, was er in seinem Leben noch machen könne - Er würde auf ewig ein Pflegefall bleiben. Doch Goodman war egal, was die Ärzte über seinen Zustand sagten. Ihm war nur wichtig, was er über sich selbst dachte und das war, dass er bis Weihnachten eigenständig aus dem Krankenhaus läuft.

Da er nicht mehr konnte, als sich mit seinem Verstand zu befassen, stellte er sich jeden Tag in Gedanken vor, wie er auf seinen eigenen zwei Beinen das Krankenhaus verließ.

Eines Nachts hörte Goodman, der an ein Beatmungsgerät angeschlossen war, wie eine Stimme ihm sagte: „Atme tief, atme tief!". Er gehorchte der Stimme und versuchte zu atmen. Immer und immer wieder. Schon am nächsten Morgen wurde die Maschine entfernt und er konnte wieder selbständig atmen. Die Ärzte waren ratlos, wie das sein konnte. Doch Goodman hatte keine Zeit für Zweifel und verfolgte weiterhin, Tag für Tag, sein Ziel.

Acht Monate später war der Moment gekommen, auf den er solange hingearbeitet hat. Goodman lief eigenständig aus dem Krankenhaus. Der Mann, der sein Leben lang ein Pflegefall bleiben sollte, konnte wieder laufen und fand ins Leben zurück. Die Ärzte können sich dieses Phänomen bis heute nicht erklären.

Alle sehen ihn als ein medizinisches Wunder!

Doch er gibt sein „Wunder-Geheimnis" gerne an alle Menschen weiter, vor allem an die, die krank sind: „Der Mensch ist, was er denkt!"

Wenn Wunder passieren...

Es ist etwas Schlimmes geschehen, denn jemand ist gestorben. Ich kannte sie zwar nicht so gut, aber es hat mich sehr fest getroffen.

Also, alles fing so an: Es war ein Schultag wie jeder andere. Ein Schulkamerad sagte: „Meine Mutter ist im Spital." „Was hat sie denn?", fragte unsere Klassenlehrerin. „Sie muss an der Herzklappe operiert werden", antwortete der Junge.

Am 18. Juni 2014 kam eine Pfarrerin und sagte: „Es ist etwas ganz Schlimmes passiert." Sie musste weinen. „In dieser Nacht ist die Mutter von eurem Schulkameraden gestorben." Auf einmal war es ganz still im Klassenzimmer.

Ich wünsche mir, ein Wunder würde geschehen und sie würde aufwachen und gesund sein und erst sterben, wenn sie sehr alt ist.

Lilian (8)

Wunder der Begegnung

An einem gewöhnlichen Donnerstag schlenderte John Marker nach der Arbeit durch die Innenstadt von Menden. Er hatte es nicht eilig nach Hause zu kommen, obwohl er Hunger verspürte. Ihm fehlte sein Mittagsimbiss, da seine Butterbrotdose vergessen auf seinem Küchentisch lag. Ihn zog die Tafel »Wechselnder Mittagstisch - immer frisch« an, die er an dem ihm unbekannten Lokal »Café Echt« entdeckte. Es gab Flammkuchen mit Salat, das sagte ihm zu. Als er nach einem freien Tisch suchte, entdeckte er sie: eine Frau etwa in seinem Alter, allein, in Gedanken, lächelnd, in einen schwarzen Kaffee versunken. Spontan fragte er sie, ob er sich zu ihr gesellen dürfe. Sie blickte ihn an, bejahte und er setzte sich.

Ein paar Wochen später, das »Café Echt« war inzwischen zu ihrem Lieblingstreffpunkt avanciert, fragte Anna John:

»Warum bist du damals gerade bei mir stehen geblieben?«

»Es dauerte nur diesen einen wundervollen Augenblick, als du mich anblicktest. Da wusste ich, dass du die meine werden musstest«, sagte John förmlich.

Seine neue Freundin lächelte.

»Was ist denn so besonders an mir?«

John legte seine Hand auf ihre und antwortete:

»Es ist dein Lächeln. Ich hatte sofort Vertrauen. Deine Grübchen in den Wangen sagten mir, dass du gerne lachst. Das finde ich bezaubernd. Ich hatte gleich den Eindruck, dass du ein guter Mensch bist.«

Anna rutschte verlegen auf ihrem Stuhl hin und her.

»Das wusstest du alles im ersten Augenblick? - Ich hoffe, ich enttäusche dich nicht.«

Sie trank einen Schluck Kaffee, immer noch die tiefschwarze Variante, und stippte ihren Karamellkeks hinein. Dann kaute sie genüsslich.

»Auch das ist ein Wunder, dass du so genießen kannst«, sagte John.

Anna hatte ihm nach und nach ihre Lebensgeschichte erzählt, ihre schwere Kindheit mit Schlägen und Missbrauch. Sie hatte ein paar Fältchen um die Augen, nicht nur vom Lachen. Gewiss hat sie manche Nacht geweint, vermutete John. Er bewunderte sie dafür, dass sie sich trotzdem nicht hatte verbittern lassen. Anna sagte dazu: »Damals konnte ich mich nicht wehren. Mit achtzehn ging ich von zu Hause fort und lebte mein eigenes Leben. Es war nicht einfach, aber es wurde besser.«

John rührte in seinem Milchkaffee und schaute sie lange an.

»Was gibt´s?«, fragte Anna.

»Ich bin so froh, dass ich an diesem Donnerstag Hunger hatte, sonst wäre ich vielleicht nicht in dieses Lokal gegangen.«

»Ja, darüber bin ich auch sehr froh. Außerdem hattest du Glück. Normalerweise lasse ich keinen Unbekannten an meinem Tisch sitzen.«

John lachte. »Warum hast du es mir erlaubt?«

»Ich hatte Lust auf ein Gespräch und fand dich sympathisch.«

»So, so, sympathisch. Das ist ja ausbaufähig.«

Auf die berühmten drei Worte würde er warten müssen. So weit kannte er Anna schon.

Birgit (46)

Wunder

Ich stand am Straßenrand, schaute mich um, sah eine graue, triste Umgebung. Die Welt drehte sich, sie hörte sich auch nicht auf zu drehen, nein – sie legte eine Art Automatismus an den Tag. Sekunde für Sekunde, Minute für Minute, Stunde für Stunde, Tag für Tag und Jahr für Jahr. Die Menschen machten, was sie machen mussten. Morgens standen sie auf, tranken ihren Kaffee, gingen zur Arbeit, erledigten ihre Aufgaben, gingen zurück nach Hause und verbrachten den Abend wie gewohnt. Die Zeiger der Uhr drehten sich, die Ampel sprang immer wieder im selben Kreislauf auf die nächste Farbe, die Schulglocken läuteten zur selben Zeit, das Gehalt kam jeden Monat am selben Tag und jeden Feiertag verbrachte man wie im Jahr zuvor.

Ich fragte mich nach dem Sinn meines Daseins. Weshalb lohnt es sich zu leben? Welche Aufgabe habe ich auf dieser Welt? Und was macht mein Leben so besonders? Ich wollte Antworten finden, suchte sie in fast jeder meiner Tätigkeiten, doch konnte keinen Grund feststellen, weshalb ich einer der rund 7,2 Milliarden Menschen auf dieser Welt bin und was mein Dasein begründet. So begleitete mich diese Frage Tage, Wochen, Monate und Jahre - seitdem ich anfing über den Sinn des Lebens nachzudenken. Ich erinnere mich, dass es ungefähr mit der Pubertät begonnen haben muss. Vielleicht mit 13 oder auch 14 Jahren. Auch ich zählte mich zu den Menschen, die ihre Aufgaben Tag für Tag ähnlich erledigten. Alles drehte sich ums Aufstehen, Essen, Trinken, Schule/Arbeit, den Tag in irgendeiner Art und Weise relativ produktiv zu verbringen und letztlich wieder schlafen zu gehen, um am nächsten Tag wieder aufzustehen und denselben ähnlichen Tagesablauf zu wiederholen. Und täglich begleitete mich die Frage: welchen Sinn hat dein Leben?

Es kam ein Tag, an dem sich diese Frage beantworten sollte. Um genau zu gehen waren es zwei Tage. Am ersten Tag, dem 12.09.2007 bekam ich die Antwort auf meine Frage und am 11.11.2012 bekam ich die Bestätigung.

Es war nachts - ungefähr 3.00 Uhr und ich wusste: heute wird sich mein Leben ändern. Ich wusste nicht wie und in welchem Ausmaß. Ich wusste nicht wie sich mein Leben neu gestalten wird, wie sich mein Handeln und meine Gedanken neu lenken lassen. Aber ich wusste, dass es heute der Tag sein wird, der ein besonderer Tag in meinem Leben ist und ich wusste, dass ich diesen Tag niemals vergessen werde. Dieser Tag sollte meinen Lebenslauf besonders machen – er sollte mein ganzes Leben verändern und zwar auf eine wunderbare Art und Weise. Ich wusste dennoch nicht, dass ich heute die Antwort bekommen sollte, die ich mir Tag für Tag stellte.

Nach 12 Stunden und 50 Minuten blickte ich in zwei kleine Augen, hilflos und dich schmückte ein Blick, so niedlich wie ich ihn noch nie zuvor gesehen hatte. Ich sah dich, kleines Wesen, abhängig von deiner Umwelt - abhängig von mir, begleitet mit einer Anziehungskraft, die ich noch nie im Leben bisher gespürt habe. Uns verband von der ersten Sekunde an ein unsichtbares Band, das mir ein Gefühl der tiefen Liebe, Zufriedenheit und des Glücks schenkt. In diesem Moment wusste ich, ein Wunder ist geschehen – du bist mein Wunder. Ich spürte es, ich fühlte es und ich wollte es niemals verlieren. Seitdem kenne ich die Antwort auf die Frage, die mich jahrelang beschäftigte: Ich bin auf dieser Welt, um dich zu lieben, um dich zu beschützen und um mich um dich zu sorgen. Und ich verspreche dir, dass ich diese Aufgaben ernst nehmen werde und versuchen werde, alles mir mögliche zu geben, um dich zu einem glücklichen Menschen zu machen, der den Sinn seines Lebens schon früh spürt. Ich möchte, dass du weißt, dass du wertvoll bist. Ich möchte dir zeigen, dass du ein Teil dieser Welt bist, der wichtig ist und dass du beding-ungslos geliebt wirst. Dass die Welt für mich ohne dich grau, trist und leer ist, dass du mein Leben mit Farben ausmalst, jeden Tag besonders machst und mich mit Liebe erfüllst, dass du besonders bist – dass du ein Wunder für mich bist.

An diesem Tag wusste ich, dass der Sinn meines Lebens ist, dich zu begleiten und dein Leben mit Liebe zu füllen. Ich fragte mich, ob es möglich ist, einen Bruder oder eine Schwester so sehr zu lieben wie ich dich liebe. Ich konnte nicht glauben, dass ich diese tiefe Verbun-denheit und Anziehung zu einem weiteren kleinen Wesen verspüren könnte, denn die Liebe fühlte sich so stark an, dass sie für mich erschien, als könnte ich meine Liebe zu keinem Geschwisterkind teilen. Ich hatte Angst und dennoch wollte ich unbedingt, dass sich unser bezaubernder Familienkreis um ein weiteres Mitglied ergänzt. Es machte sich dein Bruder auf den Weg in unsere Welt. Erwar-tungsvolle 38 Wochen vergingen, bis ich an diesem Nachmittag spürte, dass auch dieser Tag mein Leben ein zweites Mal neu gestalten wird. Dem war ich mir sicher, denn ich wusste bereits, dass ein neues Familienmitglied auch eine Neugestaltung des Lebens bedeutete. Aber ich wusste trotz großer Vorfreude und Glücks-gefühle immer noch nicht, ob ich im Augenblick deiner Ankunft auch zu dir diese unglaublich tiefe Verbindung spüren würde. Nach vier Stunden durfte ich dich in die Arme schließen und in dein Gesicht blicken. Die Vorfreude und das Glücksgefühl bekamen plötzlich eine Gestalt. Da lagst du nun auf meinem Oberkörper, Haut an Haut. Ich spürte deine Nähe, blickte in die stolzen Augen deines Vaters und wusste, dass ich dich liebe. Ich liebe dich anders als deinen Bruder, aber ich liebe dich genauso stark. Ich liebe zwei Kinder, die einzigartig und wundervoll sind, die mein Leben lebens-wert machen und mich zum glücklichsten Menschen der Welt. Ich bekomme jeden Tag aufs Neue die Antwort, was der Sinn meines

Lebens ist. Ihr seid der Sinn meines Lebens und ich möchte euch zu den glücklichsten Kindern dieser Welt machen, euch lieben, umsorgen und beschützen. Ich spüre zu euch beiden eine tiefe Verbindung und grenzenlose Liebe. Ihr seid euch so ähnlich und doch so unterschiedlich, mit eigenen besonderen Begabungen und Persönlichkeiten. Ihr seid perfekt in eurer Art und Weise so wie ihr seid. Ich liebe euch, Noah und Jonah. Ihr seid die Wunder meines Lebens.

Jana (43)

„When you can´t get a miracle, you can still be a miracle for someone else."

(„Wenn Du kein Wunder bekommen kannst, kannst Du dennoch ein Wunder für jemand anderen sein.")

- Nick Vujicic -

Wunder stecken im Detail

Wunder ist für mich etwas, was ich nicht einplanen kann, nicht „tun" kann, nicht bestimmen kann.

1. Es ist ein Wunder, dass ich lebe!
2. Es ist für mich ein Wunder, dass ich in diesem Buch schreiben darf.

Heute, an einem Donnerstag im grauen November, ist ein Wunder geschehen (für mich!).
Ich hatte eine Besprechung, eine Verabredung mit einem jungen, hübschen, freundlichen und intelligenten Mann. Etwas aufgeregt, weil es um nicht alltägliche Dinge ging, war ich voller Erwartung auf das, was kommen würde.
Wir sprachen nett, themenbezogen, über dies und jenes. Das Wort „Seele" schien in uns beiden etwas auszulösen. Der junge Mann verabschiedete sich damit, von sich hören zu lassen. So weit, so gut.

Ich war schon an der Waschmaschine, als ich die Haustürklingel hörte. Der junge Mann stand wieder vor der Tür Er wäre schon ein Stück heimwärts gefahren, drehte dann um, weil er das Bedürfnis hatte, mir ein Buch zu schenken.
Das war so wunderbar! Ich war gerührt über diese nette Geste! Dass ich das noch erleben durfte! Ich schaute nach oben und murmelte „Danke!". So etwas ist nicht selbstverständlich – und es passiert nicht jeden Tag!

Ein weiteres Wunder habe ich vor vielen Jahren erlebt.
Ich habe frühe geheiratet und wir hatten zwei Töchter von 6 und 7 Jahren. Dann meldeten sich unsere Zwillinge an. Und Umfeld, mein Mann und ich waren zu der Zeit nicht in Ordnung. Ich machte mir

Sorgen um unsere ungeborenen Kinder! Darum betete ich oft: „Lieber Gott, lasse die Kinder nicht leiden durch diese Situation, sie können nichts dafür. Lasse sie gesunde, fröhliche Menschen werden!".

Die Kinder wurden geboren, alles ging seinen normalen Gang und die Zeit verging wie im Fluge.

40 Jahre nach diesen Gebeten, am 40sten Geburtstag der „Kinder", schoss es mir durch den Kopf, als ich sie laut lachen und erzählen hörte. In dem Moment fielen mir meine Gebete ein: „Lieber Gott, lasse sie gesund und fröhlich sein!" – Sie waren es!! Ein Wunder!

Und ich habe es so lange nicht bewusst gemerkt. Umso dankbarer war ich dann!

Ein Schlag

Ein Schlag traf mich schwer –
wie ein Bär fiel er über mich her.
Er streckte meine Glieder nieder.
In meiner Not –
Angst vor dem Tod –
kroch ich 20 Meter durchs Haus.
Hier muss ich raus!
1-1-2 ist das Zauberwort,
die Sanis fuhren mich an einen Ort,
wo mir geholfen wurde.
Doch jetzt nach 23 Tagen,
kommen die bangen Fragen.
Wie wird das Leben weiter gehen?
Werde ich meinen „Mann" noch stehen?
Werde ich wie vorher in allen Jahren,
mit dem Auto durch die Gegen fahren?
Werde ich mein Haus

und meinen Garten warten?
Den Blick positiv voraus
und sehen, was ich kann!
Ich gehe meinen Weg mit ruhigem, festem Schritt.
Wer geht mit?
Liebe Menschen, die mir zur Seite stehen,
dürfen gerne mit mir gehen.

Nachtrag:
Alle Therapeuten waren sehr nett,
doch manchmal am Tage, da fehlte mir mein Bett.
Ich bin von Beruf müde und hatte keinen Schwung,
Ich war ja auch in der Geriatrie und nicht mehr ganz jung.
Hier wurde gewerkelt, geturnt und gelacht,
hier wurde ich wieder fitter gemacht.
Bewegungsbad hin, Bewegungsbad her –
der Gang dahin was schon lang und schwer.
Im Kiesbett suchte ich nach Glas und Holz –
fand ich ein Stück, war ich ganz stolz!
Natürlich mit links – und zugedeckt -
das war der besondere Effekt.
Es ist ein Wunder geschehen!
Ich kann wieder sprechen und gehen!

Hella (79)

Eine kurze Zeit in einer anderen Welt

Es gibt eine Welt, in der Wunder geschehen. In dieser Welt liegt ein armes Viertel mitten in einem großen Land. Am Rande dieses kleinen Dörfchens steht ein kleines Holzhäuschen, in dem Arashin, Conrat und Sith leben. Arashin, Conrat und Sith sind Drillinge. Sie glauben an Wunder, denn sie leben in dieser sonderbaren Welt namens Dolash…

Ich lag gerade in meinem Zimmer und las. Papa kam rein und sagte: „Geh nach draußen und spiel ein bisschen!" Ich ging nach draußen und rannte ein Weilchen über die Wiesen. Auf einmal hörte ich einen lauten Knall und fiel zu Boden. Offenbar hatte nur ich es gehört und gespürt. Es fühlte sich an wie ein Mini-Erdbeben. Ich schlich erschrocken zu dem Ort, von dem es gekommen war. Jetzt stand ich vor einem nicht allzu großen Loch und sah hinein. Ich stellte fest, dass es bodenlos war. Auf einmal kam ein starker Windstoß und ich fiel hinein. Plötzlich war ich auf einem Hügel. Erstaunt stand ich auf und fragte mich, wo ich war. Schnell rannte ich vom Hügel herunter und traf dort drei Jungen. Auf meine Frage, wie sie denn heißen und wo ich hier bin, antworteten sie: „Wir heißen Arashin, Conrat und Sith." „Wie komme ich denn zurück in meine Welt?", fragte ich sie neugierig. Ihre Antwort half mir nicht weiter: „Keine Ahnung. Viele sind schon von deiner Welt zufällig in unsere gekommen!" „Es war ja keine Absicht!", rief ich empört. Da hörte ich einen schrillen Ton. Oh ja! Das war ja der Wecker! Es war nur ein Traum. Langsam wurde ich wach und dachte so für mich: „Obwohl doch in meinem Traum kein einziges Wunder geschehen ist, ist es doch trotzdem ein Wunder, dass ich das alles überhaupt träumen konnte."

Mike (10)

Bis der Vorhang fällt – Zeit für ein kleines Wunder

Noch vier Minuten bis der Vorhang fällt. Regentropfen klatschen auf die Windschutzscheibe. Doch die schon hart gewordenen Gummilippen kämpfen vergeblich dagegen an. Takt für Takt, ohne der Chancenlosigkeit müßig zu werden. Ich blicke durch die Schlieren, nehme die Rücklichter vor mir nur als verschwommen wahr. Rote Punkte im grauen Nichts. Selbst die vorgeschriebenen 30 Stundenkilometer kommen mir plötzlich viel zu schnell vor. Ich bremse. Noch zwei Minuten bis der Vorhang fällt. Wieder einmal werde ich mein Versprechen nicht halten können. Der Schlussapplaus wird für mich ungehört verklingen. Die letzte Verbeugung wird für mich ungesehen bleiben.

„Ein Hoch auf uns - auf jetzt und ewig"... - Nein, nicht jetzt. Schon bei den ersten Takten kriecht Gänsehaut langsam hoch. „Ein Buh für mich – auf jetzt und ewig". Ich schalte das Radio aus. Doch der Rhythmus bleibt hängen. „Ein Hoch...auf diese Zeit". Ich zähle die Takte der Wischblätter, die vorbeihuschenden Laternenmaste, die parkenden Autos,... Ich muss mich ablenken. Um nicht auf die Uhr schauen zu müssen. Um mich zusammenzureißen. Um ruhig zu werden . . .

Nur noch ein Kilometer, dann bin ich da. Zwar zu spät, doch noch pünktlich genug, um hinter der Bühne anzustoßen. Um in Champagnerlaune den Erfolg zu feiern. Die gelungene Premiere. „Ein Hoch auf uns...". Ich schalte das Radio wieder ein. Gebe ein wenig Gas, schieb mich dichter an das Heck des Mercedes und ignoriere die gealterten Wischer, die immer noch energisch über die Scheiben holpern. „Ich lass für dich das Licht an.....". Na bitte - geht doch. Ich singe mit... „ist mir alles egal, Hauptsache du bist da."

„SO EIN VOLLIDIOT....!" Kreischend trete ich die Bremse bis zum Anschlag durch. Die Reifen blockieren. Quietschen. Geschafft!
Die Handtasche war gegen das Handschuhfach geknallt. Handy, Geldtasche, Lippenstift verteilen sich über die Fußmatte. Ich umklammere mit gestreckten Armen das Lenkrad, hole tief Luft. Mein statischer Blick haftet an den immer noch rot leuchtenden Bremslichtern des SLKs. Ich bin starr vor

72

Schreck. Unfähig mich zu bewegen. Gelähmt vor Schreck. Nur der Scheibenwischer rattert unermüdlich weiter, während die letzten Klänge der Revolverhelden in der Stille der Nacht versinken.

Der Fahrer war inzwischen ausgestiegen. Der Regen macht sein weißes Hemd schnell durchsichtig. Seine Krawatte verrät, dass er der vorgeschriebenen Uniformierung der Managerwelt doch ein wenig Parole bietet. Ohne dabei das „Ich will keinen Brei, sondern nur den Bouillonwürfel"-Image in Frage zu stellen. Und doch war da etwas, das mich fasziniert.

In den Lichterkegeln seiner Scheinwerfer sehe ich, wie er sich vor der Motorhaube bückt, um nach wenigen Augenblicken vorsichtig wieder aufzustehen. Was trägt er da in seinen Händen? Ich muss zweimal schauen. Traue meinen Augen nicht. Erstarre erneut. Ganz vorsichtig, ja geradezu sanft hält er einen Igel in seinen Händen, trägt ihn an den Straßenrand und setzt ihn ins Gras. Dann läuft er zum Auto zurück. Ich reiße die Tür auf, renne auf den Unbekannten zu, umarme ihn. Für einen Moment glaube ich seinen Herzschlag zu spüren. Atme den Duft seiner nassen Haut tief ein und hauche ihm ein leises Danke ins Ohr. Die Uhr steht still. Raum und Zeit verschmelzen. Wir sind in uns selbst vergessen. „Ein Hoch auf uns,…, auf den Moment, der immer bleibt…". Ich spüre Leben.

Behutsam lösen wir uns aus der Umarmung. Schauen uns noch einmal tief in die Augen. Sie sind braun, wirken vertrauenswürdig. Und doch bin ich irgendwie peinlich berührt. Ich sage nichts. Er auch nicht. Ich drehe mich um und renne zu meinem Auto. Dahinter hat sich bereits eine Kolonne gebildet. Ich wage einen Blick auf die Uhr. Vor einer viertel Stunde war der Vorhang gefallen. Auch die Korken ließen sie längst knallen. Macht nichts. Ich nehme noch den Umweg zur Tankstelle, um eine Flasche Champagner zu kaufen. Zur Sicherheit. Denn heute Abend habe auch ich was zu feiern. Eine wunderbare Begegnung. Mit einem Menschen, der mich tief berührt hat. Und die ich gerade heute mehr denn je gebraucht habe. Das Schicksal hat jetzt ein Gesicht, das ich nie vergessen werde, und das ist einfach wunderbar.

Ich bin inzwischen ganz ruhig geworden. Die Zeit spielt keine Rolle mehr. Ich werde da sein. Früher oder später. Es spielt keine Rolle mehr. Ob sie sich wundern werden? Macht nichts. Der Vorhang ist gefallen – die Veränderung bleibt. So wie der kleine Stachel, den ich am nächsten Tag auf meinem T-Shirt fand.

Kleingedruckte Info: Der amerikanische Psychologieprofessor Hal Herzog fragte während seiner Vorlesung, ob jemand schon in einem Auto gesessen hätte, mit dem ein kleines Tier absichtlich überfahren wurde. Von den rund 100 Studenten hob ein Drittel die Hand. Hunderttausend Igel sterben jährlich auf Deutschlands Straßen. Wie viele könnten wohl gerettet werden?

Marion (46)

„Wunder gibt es, um uns zu
lehren, überall das Wunderbare
zu erkennen."

- Augustinus -

Gizmo das Wunder

Gizmo ist ein Tier, es lebt nicht hier. Es lebt in einem Land, in einem Land ohne Namen. Das Land liegt auf einem fernen Planeten, auf dem Menschen nicht leben können, denn dort gibt es weniger Sauerstoff als auf der Erde. Gizmo kann bis zu 4509 Jahre alt und bis zu 40cm groß werden. Das Alter ist für uns zwar sehr viel, aber eigentlich nur 32 Menschen Jahre.

Der Planet, auf dem er lebt, heißt Mondar, und Pluto ist einer seiner Monde. Na ja, er war es, bis er mit dem Planeten Keris zusammengestoßen ist. Jetzt denken alle Menschen, es wäre ein ganz normaler Planet wie der Jupiter oder der Mars. Keiner kann mit Gizmo kommunizieren außer ich, weil wir skypen jede Nacht miteinander und erzählen uns, was den Tag über so alles in unserer Welt passiert ist. Ihr fragt euch sicherlich, warum wir nachts miteinander skypen. Weil mich sonst meine Mutter dabei erwischen würde und dann hätte ich keinen Computer mehr.

Pascal (11)

Wenn das Wundern niemals endet...

Vorsichtig linst Jake um die efeubewachsene Steinmauer herum. Die ersten Straßenlaternen erwachen zögernd; unter leisem Sirren und unregelmäßig zuckend wachsen winzige Lichtfunken zu einem schwachen Leuchten heran, das die einbrechende Dämmerung kaum zu vertreiben vermag. In den Hauseingängen sitzt bereits die Dunkelheit.

All das sieht Jake jedoch nicht – er hält den Blick fest auf die feine, kaum sichtbare Nylonschnur gerichtet, der er nun schon seit dem Morgen folgt und die ihn inzwischen durch das kleine Städtchen im Tal, über weite Wiesen und Felder, durch einen Bergwald mit sonnigen Lichtungen zwischen unzähligen Kiefern und Fichten, und schließlich in das winzige Dorf hier geführt hat.

Diese Schnur, die Jake erstaunt und erschrocken zugleich am Morgen um seinen kleinen Finger an der rechten Hand geknotet gefunden hatte und die ihn seitdem von einer Überraschung zur nächsten führte. Und ganz bestimmt hätte er die Schnur einfach nur abgestreift, irgendjemanden eines albernen Scherzes verdächtigt, das Ganze schnell vergessen und sich wie jeden Tag in diesen Ferien nur mit Computerspielen beschäftigt – wäre da nicht der kleine sonnengelbe Briefumschlag gewesen, der vor seinem Bett auf dem Fußboden lag. In diesem Briefumschlag steckte nämlich eine kurze Nachricht, und die hatte es in sich! „Folge der Wunderschnur, wenn du noch an Wunder glaubst!" – dieser kurze Satz ohne weitere Erklärung hatte Jakes Neugier geweckt. Denn nur wenige Stunden vorher, kurz vor dem Einschlafen am vergangenen Abend, war er nach einer hitzigen Diskussion mit seinem Vater wütend in sein Zimmer gelaufen und hatte zornig die Tür hinter sich zugeknallt. Der Vater wollte ihm den Computer wegnehmen, den heißgeliebten, und nur, weil er der Meinung war, dass Jake in seinen Ferien zu wenig hinaus an die frische Luft käme. „Es würde mich doch wundern, wenn du überhaupt noch wüsstest, wie es draußen vor der Tür aussieht!", hatte Jakes Vater geschimpft, und „Kein Wunder, dass keiner deiner Schulfreunde mehr hier vorbei kommt!" Jake war beleidigt gewesen und empört und hatte den Vater angebrüllt: „Dann wundere dich halt, dass es kein Wunder ist – es gibt nämlich gar keine Wunder, so!"

Und nun lag da am frühen Morgen diese Nachricht in seiner Hand, und die Schnur lief von seinem kleinen Finger kaum sichtbar und geheimnisvoll unter dem schmalen Spalt unter der Zimmertür hindurch und verschwand dort. Also hatte Jake sich hastig angezogen und tat, was die Nachricht ihm vorschlug – nicht ohne jedoch beim Verlassen seines Zimmers vor sich hin zu flüstern: „Aber an Wunder glaube ich trotzdem nicht!" Auf dem Weg hier her, in dieses Dorf mit den gusseisernen Straßenlaternen, der noch leicht sonnenwarmen Steinmauer und dem in der abendlichen Stille nun deutlich hörbaren Zirpen zahlreicher Grillen, hatte Jake im Laufe des Tages schon einige Überraschungen erlebt: Die Schnur führte ihn immer weiter, sie schien kein Ende zu nehmen, und hin und wieder stieß Jake auf kleine knubbelige Knoten in dem dünnen Nylonfaden. Jedes Mal, wenn ein Knoten auftauchte, begegnete Jake auf seinem Weg irgendetwas Schönem: Da war in seinem Heimatstädtchen der Jahrmarkt am Stadtrand, mit dem großen Riesenrad, das einem sicher einen Ausblick von den Bergen bis zum Meer bieten würde, da war sich Jake sicher. Da war der schmale und leise plätschernde Bach, über den Jake mit kurzem Anlauf hinübersprang, und zwar gleich drei Mal, weil es ihm so viel Spaß machte. Da war im Wald das Vogelnest mit den zwei laut piepsenden Vogeljungen, die gierig nach dem Wurm schnappten, den die Vogelmama gerade im Schnabel hielt. Und noch viele andere Dinge hatte Jake im Laufe des Tages entdeckt – immer häufiger musste er schmunzeln, weil die Wunderschnur ihm doch ein ums andere Mal bewies, wie unrecht er hatte: Es gibt sie eben doch, die Wunder. Technische Wunder, die vielen Wunder der Natur, oder das Wunder des Lebens, wenn aus den winzigen Küken bald kräftige Vögel werden, die fliegen können und damit etwas beherrschen, was Jake niemals lernen wird…

Nun steht Jake noch immer an der sich langsam abkühlenden Mauer. Er ist unentschlossen. Während er auf seiner Unterlippe herum kaut, überlegt er, ob er der Schnur weiter folgen soll. Sie führt um die Mauer herum, drei ausgetretene Steinstufen hinauf und erneut unter einem Türspalt hindurch. Hinein in ein Haus, dessen Eingangstür von einem hölzernen Schild geschmückt ist mit der Aufschrift „Dorf-Bibliothek". Bücher? Das war nun wahrlich nichts für Jake. Auf diese Art „Wunder" konnte er gut verzichten! Schließlich gibt er sich einen Ruck, wickelt langsam die Schnur weiter um seine Hand und spaziert unter dem blassen Schein der Straßenlaternen zur Bibliothek hin. „Ach, was soll's!", murmelt er leise vor sich hin, steigt die drei Stufen hinauf, drückt die schwere Eingangstür auf und betritt das Gebäude.

Beinahe stolpert er vor Überraschung über die Schnur: Er steht in einer großen, schwach erleuchteten Eingangshalle, die rundum von Bücherregalen gesäumt ist. Bücher über Bücher, Hunderte davon! Mit vor Staunen offenem Mund dreht Jake sich einmal um sich selbst. Da entdeckt er es: In der Ecke des Raums steht ein kleiner Tisch, und darauf blinkt das Display eines kleinen Laptops. Computer, damit konnte er etwas anfangen! Schnell stolpert er durch die Bücherhalle. Da erkennt er auf dem Display das Chatfenster mit dem Videobild. Sein Vater lacht ihm von diesem Bild entgegen und zwinkert ihm zu. „Na Jake? Damit hattest du nun nicht gerechnet, stimmt's? Sicher hast du schon lange begriffen, dass ich es war, der dich auf diese kleine Wundersuche geschickt hat. Und bestimmt hast du auch schon die vielen Wunder erkannt, die unsere Welt uns bietet. Ein weiteres Wunder, die Welt der Bücher nämlich, findest du hier um dich herum. Und dass wir beiden uns über dieses Gerät hier sehen und auch unterhalten können, ist ebenso ein kleines Wunder. Aber das größte Wunder findest du direkt neben dem Laptop. Schau nach!" Jake ist sprachlos. Er sieht sich auf dem Tisch um. Aber da liegt nur ein kleiner Spiegel… Er nimmt ihn in die Hand, sieht ihn sich ratlos an und sucht im Spiegelbild nach etwas, das er als „Wunder" betrachten könnte. Da hört er erneut seinen Vater: „Jake, schau genau hin! Im Spiegel siehst du all die Dinge, die hinter dir liegen, und viele andere Kleinigkeiten. Aber das Wichtigste über-siehst du." Jake studiert das Bild im Spiegel, sieht sich selbst im schwachen Licht der Display-Beleuchtung, seine dunklen Augen, aus denen die Neugier strahlt. Und da erkennt er es: Eines der größten Wunder ist die Fähigkeit, immer neugierig zu bleiben.

Patricia (34)

„Ein Wunder ist ein Ereignis, das Glauben schafft."

- George Bernard Shaw -

Pharao und die Elfe

Warum hatten wir ausgerechnet heute, auch noch an meinem Geburtstag die tollkühne Idee, im nahegelegenen Wald Verstecken zu spielen. Zu allem Überfluss auch noch nachts! Obwohl ich den Wald wie meine Westentasche kenne, habe ich trotz alledem Angst, dass ich mich verlaufen haben könnte, weil meine Taschenlampe, die ich dabei hatte, ihren Geist aufgegeben hat. Ich weiss nicht, wo die anderen sind, wahrscheinlich suchen sie mich schon, aber das ist unwahrscheinlich, da ich noch nicht allzu lange weg bin. Der große Spielplatz dürfte hier ganz in der Nähe sein, oder war es doch die große Lichtung mit dem Waldsee, in dem man im Sommer schwimmen gehen kann?

Mir ist kalt und ich wünsche mich nach Hause in mein mollig warmes und kuscheliges Bett. Ich drehe mich um und gehe den Weg, en ich gekommen war, wieder zurück, da ich durch meine Gedanken abgelenkt ins Dickicht gelaufen bin. Ich sollte besser aufpassen, sonst finde ich nie wieder aus diesem Wald raus. Den Waldweg habe ich zu meinem Bedauern nicht wieder gefunden, dafür habe ich aber einen Trampelpfad ausfindig gemacht. Leider ist der Trampelpfad mit Dornengebüschen übersäht und der Boden ist matschig. Das wundert mich, weil wir Sommer haben und es seit Tagen nicht geregnet hat.

Meine Turnschuhe werden immer schwerer, weil sie das ganze Wasser und den Matsch aufnehmen. Warum habe ich keine lange Hose angezogen? Ich musste ja unbedingt die neuen Hotpants anziehen, die mir meine Freundin geschenkt hat. Wenigstens habe ich meine Sweatjacke angezogen, denn es sind bestimmt nur dreizehn Grad. Meine Beine sind mindestens bis an die Knie aufgerissen. Ich schaue noch meine Beine an, als es plötzlich heller wird, ich laufe weiter und komme auf eine Lichtung mitten im Wald. Ich wundere mich, weil ich diese Lichtung noch nie gesehen habe. Ich bleibe am Rand des Waldes stehen und verstecke mich hinter einem Himbeerstrauch ganz in der Nähe. In der Mitte kann ich einen See erkennen, er ist nicht sehr groß. An der anderen Seite des Waldes kommt eine Gestalt hervor. Es ist eine Elfe, sie ruft etwas, dass ich nicht verstehe.

Ich wundere mich schon, weil nichts passiert, aber auf einmal kommt ein wunderschönes Einhorn auf sie zu und begrüßt sie freundlich. Sie nimmt aus feinen Blumenranken eine Trense aus einem Gebüsch und trennst das Tier auf. Das Einhorn legt sich hin, damit sie besser aufsteigen kann. Die beiden ziehen mich so in den Bann, dass ich ausversehen auf einen Ast trete und es laut knackt. Das Einhorn bemerkt mich und kommt langsam auf mich zu. Ich will wegrennen, aber sie sagt zu mir: "Keine Angst, du musst nicht wegrennen, ich tue dir nichts. Warum bist du hier so alleine im Wald?" "Wir wollten Verstecken spielen, da ich Geburtstag habe, doch jetzt habe ich mich verlaufen und weiss nicht mehr, wie ich nach Hause oder zu meinen Freundinnen kommen soll", sagte ich. "Steig auf und halt dich gut fest, denn Pharao ist sehr schnell."

Die Elfe hatte nicht zu viel versprochen. Er war wirklich schnell. In Nullkommanichts waren wir bei meinen Freundinnen, und die staunten nicht schlecht, als ich auf einem Einhorn angeritten kam. Ich verabschiedete mich von der Elfe und von Pharao und sie ritten davon. Natürlich musste ich die ganze Geschichte auf dem Nachhauseweg erzählen und mir anhören, dass sich schon alle um mich Sorgen gemacht hätten. Meine Freundinnen hatten aber zum Glück nichts meiner Mutter erzählt, sonst hätten wir mächtig Ärger bekommen, was uns denn einfiele, so spät nachts noch Verstecken im Wald zu spielen. Dieser Vorfall blieb unser kleines Geheimnis.

Sophie (15)

Hallo Wunder?!

Liebes Wunder…!
Du wunderst dich sicherlich, dass ich dir schreibe. Vielleicht hast du auch gar keine Zeit, meinen Brief zu lesen. Bist sicher so viel beschäftigt und dauernd unterwegs. Du wirst ja schließlich gebraucht.
Die Welt braucht Wunder, die Menschheit braucht Wunder, Kinder glauben an Wunder, das Privatfernsehen verehrt dich, inszeniert dich, täglich sogar in daily soaps und reality shows.
Ja also, du bist vielleicht gerade gar nicht zu Hause, bekommst auch ständig Fanpost der Dankbaren.

Vielleicht aber auch liegst du ganz kraftlos und traurig auf deinem Sofa und klagst über Langeweile und Stillstand, weil niemand in der heutigen Zeit noch an dich glaubt. Es regiert der Verstand, der Markt und das ökonomische Prinzip der sich permanent selbst optimierenden Individualisten. Das Leben wird geplant, gemanaged und als kontinuierlicher Verbesserungsprozess einer permanenten Wertschöpfungssteigerung zugeführt. Selbstwertoptimierung per App. Man will ja nicht untätig sein, selbstbestimmt und natürlich zielstrebig und erfolgreich seinen Lebensweg beschreiten. Zeit ist Geld, Geld ist g(G)ut, gut ist, was einen direkt verwertbaren Nutzen hat.

So ist es doch. Oder??? – Da war doch noch etwas… was war es doch gleich? Ach ja,… Zeit zur Besinnung, tief empfunden Zufriedenheit, mit dem Leben im Einklang sein, mal im Hier und Jetzt sein und nicht immer schon im zielstrebigen, ehrgeizigen „Vorwärts" oder gar im nostalgischen „Rückwärts".

Kann sich der moderne Mensch in einer globalisierten Welt denn überhaupt leisten, noch an Wunder zu glauben? Da kann man ja gleich wieder an den Osterhasen und Nikolaus glauben.

84

Wir sind doch erwachsen, schon lange keine Kinder mehr. Träumerei, Hokus pokus, Räucherstäbchen, paradiesische Wunscherfüllung, Märchen – So ein Quatsch! Wie oft, liebes Wunder, stehst du also vor der Tür, klopfst an, aber es lässt dich keiner rein? Niemand hört dich, macht dir auf. Falsch verbunden! Return to sender! – Da draußen steht ein Wunder. Hab ich das bestellt? Nee, ich warte doch auf ein Päckchen von Zalando und Amazon. Na, dann…

Das Wunder annehmen? Entgegen nehmen? Fragt man sich da ganz verwundert. Dieses Wunder, das sich nun und genau in diesem Augenblick offenbart, einem quasi zugestellt wird, auch und gerade weil man es gar nicht willentlich „bestellt" hat. Na so was? Kann man das denn annehmen? Kann man da ganz unbefangen und ohne Gegenleistung akzeptieren? Keine Unterschrift, keine Prepaid-Cards? Keine Mindestabnahmemenge? - „Hallo, ich bin's, dein Wunder. Unerwartet. Denn genau das ist ja mein Wesen!"

Liebes Wunder, sind Wunder aus der Mode gekommen? Kitschig? Oder ver-wundern sie, verunsichern sie eigentlich eher, werden abgelehnt, weil unberechenbar. Wie war das doch gleich? Wunschziel priorisiert gewichtet x Eintrittswahrscheinlichkeit des Umweltzustandes minus Abweichungsgrad geteilt durch Gesamtpräferenzliste der Lebensbereiche des Wünschenden. Wie? Keine Optimierungs- und Bestimmungsformel - keine Entscheidungsmatrix, keine Strategie – einfach so da?

Und dann, dann höre ich dich leise rufen „Lass los, lass dich ein. Schau genau hin, spür genau hin. Trau dich. Trau dich, das, was anklopft und vor der Tür deines Lebens liebevoll geduldig auf dich wartet, auch herein zu lassen. Warte damit aber auch nicht zu lange. Denn zögerst und zweifelst und haderst du zu lange, wird's auch dem Wunder zuweilen zu bunt. Und wenn du dann die Tür erwartungsvoll öffnest, dann ist es plötzlich fort."

„Wunder gibt es immer wieder, heute oder morgen können sie geschehen. Wenn Sie dir begegnen, musst du sie auch sehen." So heißt es in einem Schlager.

Liebes Wunder, falls du also zu Hause auf der Couch liegst und wartest, ich bin da, freu mich auf dich, vertraue darauf, dass ich dich erkenne. Ich traue mich, ich traue dir. Du wirst dich wundern!
Ich lasse dich geschehen und werde dir öffnen.
Gut zu wissen, dass es dich gibt. Denn: Wer nicht an Wunder glaubt, ist kein Realist.

Annette Blumenschein (46)
Management-Beraterin und Trainerin für Kreativ-Kompetenz,
Innovation, Führung und Organisationsentwicklung
www.atb-ffm.de

Das „Heile-Welt-Szenario":

„Wie wäre eine Welt, in der die
Menschen sicher sind, dass Wunder
geschehen?"

Im Einklang

Tja, wie wäre so eine Welt? Mir stellt sich hier zuerst die Frage, welchem Begriffsverständnis man denn folgt, wenn man von „Wunder" spricht. Muss es denn tatsächlich etwas sein, das spirituell ist? An eine Erscheinung, Heilung, Offenbarung erinnert? SO großartig? Ist es nicht gerade die Kunst, im Alltag auch die kleineren Geschehnisse zu würdigen? Zu sehen, dass das Leben generell ein Wunder ist? Die Liebe? – trägt solche Sichtweise nicht erheblich zu Zufriedenheit und Lebensqualität bei, weil es um Dankbarkeit und Bewusstsein geht? Um die kleinen, die leisen Wunder, nicht das BANG? Diese Vorstellung, diese Sicherheit und Gewissheit „täglich ist etwas wundervoll – unser Leben ist von Wundern voll" – das wäre meine Vision einer Welt, in der die Menschen sicher sind, dass Wunder geschehen. Eine Welt, in der wir wieder mehr mit uns verbunden sind in Körper, Geist und Seele und auf unsere Intuition vertrauen. – Und wenn dann auch noch größere Wunder geschehen, ja, dann ist das ja auch wunderschön. So also betrachtet kam mir der nachfolgende Text in den Sinn:

Die Bank in der Sonne – Wunderbare Gedanken und verwunderliche Erkenntnisse

Eines Tages… eines Tages, da sitzt du auf einer Bank, ganz in Ruhe, die Sonne scheint dir ins Gesicht und du hälst inne, verweilst in Muße. Einen Moment der Ruhe und Besinnung finden und zulassen, dass die Welle des Alltags mit all seinen Verpflichtungen, Terminen und durchgetakteten Zeitrhythmen inne hält. Vermeintlich still steht. Oder nein… nicht wichtig ist. Ganz im Hier und Jetzt. Mal da sein mit den Gedanken, wo man gerade ist, nicht vorwärts, nicht rückwärts, einfach JETZT DA.

Welch Wunder. Es gelingt.

Du nimmst dich zurück, gleichsam wie ein in der Loge sitzender Betrachter eines vor deinen Augen, dort unten geschehenden Szenarios auf der Bühne des Lebens.

Welche Szenen, welche Akte, welche Stücke schrieb dir dein Leben bisher?

Ist es nicht ein Wunder, wenn man bis dahin sagen kann „ich lebe gern, ich lebe gut, ich lebe! Mit jeder Faser und Zelle meines Körpers. Die stürmischen Zeiten, die tiefen Schläge, ich habe sie bewältigt, ich habe sie überstanden. Ich bin sogar daran gewachsen. Und immer wieder bin ich aufgestanden, immer wieder habe ich meine Kraft und neue Hoffnung geschöpft. Immer wieder habe ich mich geöffnet, eingelassen und vertraut. Mir, den anderen, einem anderen, einem ganz neuen Menschen, der in mein Leben trat. Unerwartet, aufregend, ungewiss, was da passiert, was da noch passieren wird.

Welch ein Wunder. Das Wunder einer beginnenden neuen Liebe, das Wunder des Neuen, das Wunder der menschlichen Begegnung. Das Wunder, dass unter all den vielen Erdenbewohnern einer ist, der zu dir passt, dich ergänzt und dass dieser dir auch noch begegnet und man gerade dann offen und achtsam genug ist, dies überhaupt zu bemerken und es zuzulassen. Liebe wird aus Mut gemacht.

Du reibst dir die Augen, denkst, dass dies nicht sein kann, nicht wahr ist, ein Traum, Illusion, ein Hirngespinst der Sehnsucht. „So was gibt es doch gar nicht! Das kann nicht sein!" ruft der Verstand. Laß ihn nur, beachte ihn nicht und konzentriere deine Aufmerksamkeit nach innen, richte sie auf dein Gespür, dein Gefühl.

Du bist verwundert, so was, das gibt es ja doch! Laß es zu, glaube daran, dass Wunder geschehen und sich dir offenbaren auf deinem Lebensweg. Als sanfter Aufruf, als Richtungskorrektur , als schüchterne Möglichkeit, als stürmischer Einschlag ins Gewohnte, Routinierte. Wie wundervoll! Wie wunderschön! Erleben und noch staunen dürfen über das, was das Leben für einen bereithält. Nicht jeden Tag, in ganz besonderen Momenten, die so kostbar sind.

Mache die Augen auf, sieh genau hin: Dies ist die Realität. Dies ist dein Leben und es will gelebt und erlebt werden. Alltäglich den vielen kleinen Wundern begegnen, diese entdecken. Staunen, genießen in Freude und Leichtigkeit. Dir wird ganz warum um's Herz, dir wachsen Flügel, alles kribbelt und du willst nun aufstehen, deine Bank verlassen, dich bewegen. In fröhlichen Schritten und Sprüngen. Du tanzt den Tanz des Wandels und des Wunders.

Es ist der Tanz eines wundervollen, von Wunder vollen Lebens.

Annette Blumenschein (46)
Management-Beraterin und Trainerin für Kreativ-Kompetenz,
Innovation, Führung und Organisationsentwicklung
www.atb-ffm.de

Ansichtssache

Man könnte denken, es wäre WUNDERbar. Aber jetzt mal ehrlich, wäre es nicht schrecklich? Ich sehe das sehr skeptisch. Es würde sicherlich Leute geben, die sich dann genau drauf verlassen. Wunder sind doch eben unplanbar. Sie sind zufällig, und kommen, wenn man nicht damit rechnet.

Wie soll das auch gehen? Wunder sind doch eben kleine Zufälle, die aufeinander treffen und „Staunen" erregen. Würden sie das auch noch tun, wenn wir wüssten, dass sie passieren? Man würde doch versuchen quasi drauf hinzuarbeiten. Oder vielleicht Wunder in Dingen sehen, die keine sind. Wenn wir uns mal unsere Umwelt anschauen, die sich der Mensch schön in Raten selber kaputt macht. Wälder abgeholzt, stinkende Abgase in die Luft gejagt, grüne Wiesen zerstört, damit stinkende laute Autos drauf fahren können oder Müll in Gewässer entsorgt. Seit kurzem haben wir Menschen das kapiert und arbeiten wieder dagegen an. Aber das würden wir doch nicht tun, wenn wir auf Wunder hoffen, oder? Es könnte ja sein, dass es von allein wieder in Ordnung kommt.

Wenn man kein Geld hat. Also ich meine so wirklich kein Geld. Es sind noch 10 € auf dem Konto und ich brauche noch was zu essen und was zu rauchen. Eigentlich muss ich ja auch mal was anderes außer Leitungswasser trinken. Gut, ich setze Prioritäten und kaufe mir lieber 'ne Kiste Wasser und was zu essen, statt der Zigaretten. Aber es könnte ja ein Wunder passieren. Vielleicht taucht ja aus irgendeinem Grund Geld auf, mit dem ich nicht rechne. Aber ich weiß ja, dass Wunder geschehen. Also kauf ich mir 'ne Schachtel Kippen und 'ne Tafel Schokolade. Jahre später sterbe ich an Lungenkrebs. Da haste dann dein Wunder.

Was ich meine ist doch, sobald wir uns auf etwas verlassen können, wie in der Frage z.B. auf Wunder, oder darauf, dass mir schon irgendjemand den Hintern abwischt, wenn ich nur laut genug schreie oder lange genug warte. Dann hören wir seltsamerweise auf, selber zu denken und zu handeln. Wie traurig.

Nein, Wunder sind meistens etwas Schönes, selten nicht so schön. Aber das Beste ist, dass sie nicht vorauszusehen sind und, dass man sich nie darauf verlassen kann, dass sie geschehen. Wenn aber doch mal ein Wunder geschieht, oder wir eines sehen, dann können wir es in vollen Zügen genießen, weil wir nie wissen wann es wieder so weit ist. Wunder sind Ansichtssache.

Bettina (28)

Hoffnungsvoll

Ein herrlicher Gedanke, der einen sofort an vielerlei Dinge denken lässt. Allerorts Menschen, die mit strahlendem Blick und offenem Mund durch die Straßen liefen, dabei jegliche Wunder bestaunten, die ihnen begegnen würden. Ein herrlicher Gedanke, der einem Sicherheit gibt. Man bräuchte keine Angst mehr vor vielem zu haben, weil man ja nicht auf ein Wunder hoffen, sondern darauf zählen könnte. Schließlich führte die Gewissheit dazu, allem mit einem Höchstmaß an Zuversicht zu begegnen.

Doch eine Gefahr birgt das Ganze auch: Der ein oder andere könnte dadurch so leichtsinnig werden, weil er sich der wunderbaren Hilfe in derart bewusst wäre und immer riskantere Dinge ausprobieren könnte. Also einerseits ein toller Gedanke und im gleichen Maß Misstrauen erweckend. Doch mit der Zeit gewöhnte sich die Menschheit daran und würde den Nebeneffekt einfach aus dem Auge verlieren. Das Angenehme würde schlussendlich dominieren und das fände ich hoffnungsvoll.

Bernar LeSton (48)
www.geschichtenundanderetexte.blogspot.de

„Das Wunderbarste an den Wundern ist,
dass sie manchmal wirklich geschehen."

- Gilbert Keith Chesterton -

Ein kleines Wunder

„Haben Sie gehört, dass die Maiers schon wieder ein Wunder bekommen haben?" Die ältere Nachbarin wartete regelrecht im Stiegenhaus darauf, mit jemanden zu sprechen. Und da ich gegenüber wohnte, konnte ich mich nur schwer entziehen.

„Ja, ihr Sohn hat diese unheilbare Krankheit durch ein Wunder überlebt." Ich nickte und ging zu meiner Türe. Als ich den Schlüssel in die Hand nahm, kam das Unvermeidliche.

„Ich bin jetzt schon 64 Jahre alt und habe noch nie ein Wunder erhalten. Und die jetzt schon zwei. Also gerecht ist das nicht."

„Frau Pospischil, seien Sie doch froh, dass sie noch nie ein Wunder gebraucht haben." Ich schob den Schlüssel in das Schloss.

„Also so ein bisschen Hilfe hätte ich schon brauchen können. Damals als mein Mann starb, Gott hab ihn selig, hätte ich mir schon erwartet, dass er wieder aufersteht. Aber ich musste mich alleine mit dem gnädigen Herrn Sohn auseinander setzen."

Ich wusste, dass diese Diskussion nicht enden würde, bevor ich ihr nicht Recht gab. Mit einem tiefen Seufzer drehte ich mich um.

„Es war selbstverständlich schwer, den Sohn mit achtzehn alleine aufzuziehen. Wann zog er aus? Ein Jahr danach, oder."

Erschrocken griff sie mit beiden Händen an ihr Herz, als hätte ich es herausgerissen.

„Also wirklich. Ich wollte doch nur damit sagen, dass Andere auch mal ein Wunder bekommen sollten."

„Ich habe Sie schon verstanden, Frau Pospischil. Schönen Abend noch."

Wortlos drehte ich mich um und ging in meine Wohnung. Kahl und grau erschien sie mir immer wieder. Es fehlte eine weibliche Hand. Irgendwann würde ich schon die Richtige für mich finden. So ein kleines Wunder halt. Nach einem Blick in den Kühlschrank entschied ich mich für ein Abendessen aus flüssigem Brot abgefüllt in braune

Halbliterflaschen.

In den Fernsehnachrichten sprachen sie von den letzten großen Problemen dieser Welt, die alle nach einem Wunder schrien, damit sie gelöst wurden. Die Diskussion über den Krieg im Nahen Osten endete wieder mit einem Hilferuf nach oben. Im Sport hatte ein Jüngling im Tennis gewonnen – wie durch ein Wunder – und es wurde wegen „höherer Mächte" für ungültig befunden.

Verärgert drehte ich ab und ging ans Fenster. Hinten im Hof spielte die Familie Maier mit ihrem sechsjährigen Sohn. Zuerst haben sie, obwohl er unfruchtbar war, eine Schwangerschaft zusammenge-bracht. Das Kind war ein Wunder – auch wenn es den Kindern der Familie Schmidt auf der Zweier-Stiege sehr ähnlich sah. Und als es dann unheilbar krank wurde, schaffte es aus eigener Kraft – oder durch ein Wunder – die Krankheit zu besiegen. Die Ärzte hatten einige neue Methoden versucht und keine hatte gegriffen. Als die Ärzte dann aufgegeben hatten, erholte er sich. Und nun konnte er schon wieder spielen.

Gedankenverloren hob ich die Bierflasche und merkte, dass sie bereits leer war. Naja, wenn hier kein Wunder geschieht, dann muss ich mir wohl eine neue holen. Mein Vorrat war schon wieder zur Neige gegangen. Ein Blick auf die Uhr zeigte mir, dass ich noch eine halbe Stunde einkaufen gehen könnte. Ich schnappte mir die Geldbörse und schlüpfte aus der Wohnung.

Der Supermarkt war noch gut besucht und ich sah einige Personen, die eindeutig direkt aus der Arbeit kamen. Ich blickte bei der Obsttheke herum und sah eine junge Frau in grauem Kostüm. Nett wie sie die Haare trägt. Dann fiel mein Blick auf die Bananen und ich nahm mir drei. Dazu ein paar Frühstücksflocken und eine kleine Milch wären nicht schlecht.

Beim Bierangebot blieb ich stehen. Die Gläubigen tranken nur mehr Wein, aber ich blieb beim Bier. Ich schaute zu den Preisen und merkte, dass mein Lieblingsbier gerade im Angebot war und nur noch eine Kiste da stand. Ein kleines Wunder!

Ich nahm sie und als ich mich umdrehte, sah ich wieder die Frau im grauen Kostüm. Sie blickte mich an und schaute dann auf die Kiste in meiner Hand. Ein Anflug von Traurigkeit war ihren Gesichtszügen anzusehen.

„Wollten Sie auch eins?"

„Wäre ja ein Wunder, wenn ich mal auf die Butterseite falle."

Ich blickte sie an, und aus einem unbestimmten Gefühl wollte ich sie einladen.

„Wollen Sie vielleicht mit mir eines trinken? Ich lade Sie dafür ein."

Sie blickte mich an und sah dann den Rest meines Einkaufs. Ein schüchternes Lächeln huschte über ihr Gesicht.

„Machen wir zwei daraus, dann werde ich dafür ein Essen zaubern."

Ich musste grinsen. Tja, das Glück ist mit den Dummen sagt man. Oder war es ein kleines Wunder?

Ludwig (34)
www.alirionsbuch.deviantart.com

Unterschiedlich

Wenn es Wunder wirklich gäbe, dann könnte ich es mir so vor-stellen: Es hätten alle Menschen, die auf der Straße sind, immer Glück, dass sie nicht überfahren werden.

Es gäbe Autos, die über die Menschen fliegen, die auf der Straße sind. Dann gäbe es noch Handys, die automatisch die Nummer ein-geben. Wenn das Handy die Nummer 111 eingäbe, dann kämen sofort die Feuerwehr und die Polizei und würden dir helfen. Wenn das Handy aber 1111 eingäbe, dann bekämest du einen Elektro-schock und würdest fast brennen.

Es gäbe aber auch Unfälle: Wenn zum Beispiel ein Auto nicht über die Menschen fliegen, sondern fahren würde – und dann kämen eben die Polizei und die Feuerwehr, wenn das Handy 111 eingäbe.

Tara (10)

Gelassener

Vielleicht würden die Menschen mehr glauben und wären nicht so skeptisch. Viele würden sich wahrscheinlich sicherer fühlen und die Unsicherheit wäre nicht so riesengroß. Ich stelle mir vor, dass die Augen der Menschen mehr leuchten und strahlen würden, dass die Menschen mehr lächeln und lachen würden, weil man schließlich wüsste: Wunder geschehen. Ich stelle mir vor, dass die Hoffnung dann die Hoffnungslosigkeit bei weitem überwiegen würde und dass viel mehr Ruhe, Gelassenheit und Freude einkehren.

Ja, ich glaube, so würde ich mir das vorstellen: Strahlende Menschen, die sich gegenseitig anlächeln, die gemeinsam lachen, die Ruhe und Gelassenheit ausstrahlen und eine Welt, die Freude und Frieden ausstrahlt.

Marina (31)

„Wie wenig Lärm machen die
wirklichen Wunder."

- Antoine de Saint-Exupéry -

Eine Welt voller Wunder

Ich sitze hier und überlege schon eine ganze Weile, was ich nun schreiben möchte und ich merke: In meinen jungen Jahren ist es für mich wohl wirklich etwas schwer diese Frage zu beantworten.

Wie wäre eine Welt, in der die Menschen sicher sind, dass Wunder geschehen? Es wäre wohl eine Welt voller Hoffnung, Hoffnung auf ein Wunder in aussichtslosen Situationen. Aber auch eine Welt voll Enttäuschungen, wenn kein Wunder passiert in einer Situation, in der man auf ein Wunder hofft.

Irgendwie ein zweischneidiges Schwert. Eine Welt voll enttäuschter Hoffnungen. Eine Welt in der Verhungernde auf Hilfe hoffen, sie aber nicht immer bekommen werden. Auch wenn alle an Wunder glauben würden, würden viele schnell wieder den Glauben an Wunder verlieren, weil ihnen nicht immer ein Wunder zu Hilfe kommt, wenn sie es für wichtig erachten.

Dann gäbe es noch die, die enttäuscht wären von den guten Dingen, die ihnen widerfahren, weil sie sich ihr persönliches Wunder anders vorgestellt haben. Die, die unzufrieden wären, weil in ihren Augen ein Wunder, das ein anderer erlebt hat, größer ist als ihr eigenes.
Die Menschen würden vergleichen, abwägen wer mehr Glück hatte, wessen Wunder das größte wäre. Und viele würden vielleicht ein Wunder, das ihnen widerfährt, gar nicht erkennen, weil sie etwas ganz anderes erhofft haben. Es wäre nicht viel anders als heute.

Im Prinzip würde es wieder eine Welt ergeben, in der die einen an Wunder glauben, die anderen wiederum nicht oder aus Enttäuschung irgendwann aufgehört haben weiter daran zu glauben.

Judith (16)

Wunder gibt es immer wieder…

- wenn sie dir begegnen musst du sie auch sehn –

das sang Katja Ebstein einst.

Das ist vielleicht das Geheimnis eines Wunders. Vielleicht ist es nur die Frage des Blickwinkels, die Frage, ob ich es zulasse, dass Dinge, die außergewöhnlich, beglückend, manchmal auch fast unglaublich sind, Wunder sein können. Es gibt vermutlich für (fast) alles, was nach einem Wunder aussieht, irgendeine schlaue wissenschaftliche Erklärung. Was also ist ein Wunder? Hat ein Wunder mit Gott zu tun? Oder einer anderen übermenschlichen Art? Das alles liegt wohl „im Auge des Betrachters", oder dessen, dem das Wunder widerfährt.

Ich selbst muss mir nicht vorstellen, in einer Welt zu leben, in der Wunder geschehen, ich lebe mit der Gewissheit, dass es Wunder gibt. Sich sicher zu sein, dass man in einer Welt lebt, in der Wunder geschehen, ist etwas anderes, als an Wunder zu glauben. Man ist vom Glauben ins Wissen gegangen. Das ist ein enormer Schritt. Wer sich sicher ist, der muss nicht mehr diskutieren. Wer weiß, der muss nicht mehr missionieren. Wer sich sicher ist, dass es Wunder gibt, hat Hoffnung, auch in ausweglosen Situationen.

Das Wunder taucht in unserer Sprache häufig auf: „das Wunder des Lebens", „Wunderheilung", „wunderbar", „wundervoll", „Naturwunder", sogar im Fußball gibt es „das Wunder von Bern". Immer wenn etwas unsere normale Vorstellungswelt übertrifft, dann kommt uns das vor wie ein Wunder. Aber könnte uns das Wunder nicht auch träge machen? Bequem? Weil wir lieber auf ein Wunder warten, als selbst aktiv zu werden?

Wunder kann man nicht erzwingen, aber sicher erbitten. Unsere Gedanken erschaffen unsere Wirklichkeit – was wäre möglich, wenn wir alle Wunder für wirklich halten würden! Millionen Menschen, die dasselbe Wunder erbitten, könnten eine große Kraft freisetzen.

Eine Welt in der die Menschen, also alle Menschen, sicher sind, dass Wunder geschehen, kann ich mir nicht vorstellen. Das wäre wahrhaftig ein Wunder.

Aber wer weiß? Auch dieses Wunder ist möglich….

Carmen (53)
www.gingerpoetry.com

Nur ein Traum!?

Dann gäbe es keinen Freitag den 13. ;)

Was sind Wunder?
Wunder sind wenn Sachen passieren, die eigentlich gar nicht möglich sind, wenn also z.B. ein Drache auftaucht oder man eine Zeit-
reise machen kann.

Ich habe noch nie ein Wunder erlebt, ich glaube auch nicht wirklich,
dass es Wunder gibt.

In einer Welt, in der die Menschen an Wunder glauben, würde man
viele Altäre bauen und Angst vor Drachen und Hexen haben. Auf
den Altären würde man etwas für die Drachen opfern.

Manchmal gibt es sicherlich auch gute Wunder, wenn man zum
Beispiel von einem rasenden Auto angefahren wird und einem trotzdem fast nichts passiert.

Hin und wieder würde ich auch gern ein Wunder erleben, aber nur
ein positives!

Finn (10)

Einfach zufriedener und entspannter

Eine Welt, in der die Menschen sicher sind, dass Wunder geschehen, wäre zufriedener als die heutige Welt. Allerdings wäre die Welt an sich nicht viel anders als heute, nur die Einstellung der Menschen hätte sich geändert.

Warum? Ich bin der Meinung, dass wir bereits in einer Welt leben, in der ständig Wunder um uns herum geschehen. Sei es im menschlichen Körper, in der Natur, im Kosmos oder in der Frequenz eines Gedankens. In jeder Sekunde verändert sich die Welt und ist in keiner weiteren Sekunde, trotz Beständigkeit der Naturgesetze, wie zuvor. Allein während dieser Veränderung finden täglich schon mehrere tausend Wunder statt. Doch wie kommt es, dass wir denken, es gäbe keine Wunder mehr auf der Welt?

Das kommt meiner Meinung nach, weil wir immer mehr mit uns selbst und unseren Problemen beschäftigt sind. Die Welt wird, trotz wachsender Globalisierung, dadurch immer weiter abgeschottet und unser Fokus beschränkt sich zunehmend. So auch der Fokus für die Wunder um uns herum. Auch versuchen wir, aus Angst vor dem „Unbekannten" immer plausiblere Antworten für die (noch) unerklärlichen Dinge auf unserer Welt zu finden. Dabei ist es egal, ob die Erklärung die wirkliche Ursache für ein Phänomen ist. Hauptsache es klingt plausibel und zeigt uns, wie rational die Welt doch ist. Doch ist sie das wirklich?

Was mich vielmehr wundert ist die Frage, warum wir tausende Kilometer weit ins All reisen (können), uns aber ein Großteil der Weltmeere noch unergründlich ist? Sollten wir nicht also im Kleinen wieder anfangen die Welt zu entdecken, statt immer direkt nach den Sternen zu greifen?!

Wir müssten daher nicht fragen, wie die Welt wäre, wenn die Menschen sicher wären, dass Wunder geschehen, sondern, wie wir Menschen uns wieder der einzigartigen und unbeschränkten Anzahl und der Herrlichkeit dieser Wunder bewusst werden können. Und wenn die Menschen sich dann wieder sicher sind, dass Wunder geschehen, dann würden sie sich vielleicht einfach nur entspannt zurücklehnen und die Wunder dieser Welt genießen.

Alexander (26)

„Der Ausdruck `ein Wunder´ entlockt mir immer ein inneres Lächeln über den Mangel an Logik, denn in jeder Minute sehen wir Wunder und nichts als solche."

- Otto Fürst von Bismarck -

Traumerfüllend

In einer Welt, in der die Menschen wirklich glauben, dass Wunder geschehen, können Träume wahr werden. Meinen Wunsch von einem großen Wunder für diese Welt hat Michael Kronwald (Autor) sehr schön beschrieben:

Mein Traum[1]

„Ich träume davon, dass der Mensch endlich aufhört nach Macht zu streben, und das Wissen vor das Materielle stellt.
Ich träume davon, dass der Mensch endlich aufhört einen anderen zu hassen, nur weil er anders ist als er selbst.
Ich träume davon, dass der Mensch endlich aufhört gegen die Natur zu leben, sondern lernt mit ihr zusammen zu überleben.
Ich träume davon, dass der Mensch endlich die Grenzen und den Staat hinter sich lässt, so dass alle Menschen ein Volk werden können.
Wo ist der Weg aus meinen Träumen?
Soll das immer so weitergehen?
Wir müssen aufwachen, es ist 5 Minuten vor 12 und die Zeit läuft!"

Petra (51)

---

[1] Text gefunden auf www.gedanken-gedichte.de

Meine Wunder-Gedanken

Es wäre schön, wenn es eine solche Wunderwelt gäbe, in der magische Wesen und andere Dinge vorkommen und die sich untereinander gut verstehen. Hier gibt es keine. Finde ich richtig schade.

Philipp (11)

Cool!

In einer Welt, in der alle an Wunder glauben, hat jeder so ein spezielles Handy, und wenn man auf dem eine Zahl drückt, dann passiert etwas.

Wenn man die Zahl 1 drückt, dann fällt Schokolade vom Himmel. Wenn man die Zahl 2 drückt, dann kullern Bonbons den Berg hinunter. Die Zahl 3 steht für Bäume, an denen Gummibärchen wachsen. Wenn man die Zahl 4 drückt, dann schwimmen Lollipops ans Ufer. Wenn man die Zahl 5 drückt, dann wird man wieder dünn. Die Zahl 6 steht dafür, dass man das Wetter bestimmen kann. Wenn man die Zahl 7 drückt, dann hat man Schulausflug, und wenn man die Zahl 8 drückt, hausaufgabenfrei. Die Zahl 9 drückt man, wenn man Glück braucht, und die Zahl 0, wenn man Glücklichsein braucht. Das wäre cool! Oder?

Lilian (8)

Welch wundervolle Welt!

Ich wurde gefragt, wie eine Welt wohl wäre, in der die Menschen sich sicher sind, dass WUNDER geschehen. Ich möchte mir herausnehmen, diese Frage von einer etwas anderen Seite zu betrachten:

Tauchen wir einmal ein in das Leben eines ganz normalen Menschen unserer Zeit und untersuchen seinen ganz normalen Tag auf seine WUNDERlichkeit.

Berta ist ein Mensch, der nicht daran glaubt, dass Wunder geschehen. Sie denkt, sie hat einen ganz normalen Tag. Um 6:00 Uhr klingelt der Wecker - so wie jeden Tag. Sie öffnet die Augen. Die ersten Sonnenstrahlen blinzeln durch das Schlafzimmerfenster und kitzeln ihre Nasenspitze. Sie wälzt sich aus dem Bett, streckt sich und steht auf. Auf dem Weg ins Bad macht sie einen kurzen Stopp in der Küche und kocht den ersten Kaffee des Tages. Sie putzt sich die Zähne und starrt dabei gedankenverloren und verschlafen in den Spiegel. Anschließend nimmt sie eine heiße Dusche und spürt, wie ihre Glieder langsam zum Leben erwachen. Sie trocknet sich ab und schlüpft in ihr Lieblingsoutfit. Dann macht sie sich die Haare, schminkt sich und trinkt ihren Kaffee. Sie nimmt ihr Rad und fährt zur Arbeit, ganz entspannt den Fluss entlang. Der Wind weht sanft, sie atmet kühle Morgenluft. Im Büro angekommen begrüßt sie ihr hinreißender Kollege, sie unterhalten sich beim zweiten Kaffee des Tages – sie startet mit Schmetterlingen im Bauch in den Tag. Berta geht den Vormittag über ihrer Arbeit nach, sie merkt gar nicht, wie die Zeit vergeht. Plötzlich ist schon Mittagspause und sie ist im benachbarten Restaurant mit ihren Freunden verabredet. Der Nachmittag geht schnell vorbei, sie hat viel zu tun, die Arbeit macht Spaß. Zum Feierabend schwingt sie sich auf ihr Rad und fährt zum Fitnessstudio. Sie tanzt sich beim Zumba die Seele aus dem Leib und radelt mit einem Lächeln nach Hause. Auf der Couch angekommen gönnt sie sich ein Gläschen Wein und schaut einen Film. Gegen 23:00 ist sie müde, legt sich ins Bett und schläft schließlich friedlich ein,

So lieber Leser: Wie viele Wunder hat Berta nun erlebt?

Keines? Das wäre die Betrachtungsweise eines Menschen, der Wunder (noch) nicht sehen kann oder will. Ich denke, Berta hat mindestens 11 kleine Wunder erlebt an diesem einen kurzen Tag:

Wunder Leben: Sie öffnet die Augen - sie lebt demnach noch.
Wunder Natur: Die Sonne scheint ihr ins Gesicht, der Wind weht ihr sanft um die Nase.
Wunder Gesundheit: Sie steht auf und streckt sich - sie kann laufen, sich bewegen.
Wunder Gehirn: Sie macht Kaffee - sie hat nicht vergessen, frischen Kaffee zu kaufen.
Wunder Wahrnehmung: Sie schaut in den Spiegel - sie kann sehen.
Wunder Wasserversorgung: Sie hat fließendes, warmes Wasser zum Duschen.
Wunder Wohlstand: Sie kann sich Kleidung und Kosmetik kaufen, zum Sport gehen.
Wunder Liebe: Sie hat Schmetterlinge im Bauch beim Anblick ihres Kollegen.
Wunder Arbeit: Sie hat einen angenehmen Job und verdient genügend Geld zum Leben.
Wunder Freundschaft: Sie kann sich mit Freunden verabreden und Spaß haben.
Wunder Freizeit: Sie kann auf der Couch liegen, Fernsehen und entspannen.

Manch einer von uns ist sicher wie Berta und darf diese Wunder erleben, andere wiederum sind froh, wenn sie nur zwei oder drei davon erleben dürfen – ein Stück Brot, ein Tropfen Wasser, ein Dach über dem Kopf - und sind dankbar dafür.

Um nun also noch einmal die eigentliche Frage aufzugreifen, wie eine Welt wohl wäre, wenn Menschen sich sicher wären, dass Wunder geschehen: Sie wäre WUNDERbar, denn jeder Mensch würde Tag für Tag die kleinen Dinge erkennen, die heimlichen Momente, in denen das Leben jedem einzelnen von uns kleine Wunder schenkt.

Ganz theoretisch betrachtet, könnte es also bereits jetzt soweit sein – Voraussetzung dafür wäre lediglich, dass jeder Mensch auf der Welt diesen Text lesen und sich zu Herzen nehmen würde.

Lieber Aschenmoor Verlag!
Es liegt nun also an euch, diesen Text in 3.478 Sprachen zu übersetzen, in den 194 Ländern der Welt zu verlegen und an alle Menschen auszuhändigen. Es ist an der Zeit, allen diese WUNDER-volle Welt bewusst zu machen! ☺

Stefanie (33)

„Warte nicht auf ein großes Wunder,
sonst verpasst Du viele kleine."

- Verfasser unbekannt -

Voller Hoffnung

Ich bin mir ziemlich sicher, dass die Menschen in mehreren Situationen anders handeln würden, wenn sie in dieser Welt leben würden, in der alle Leute sicher sind, dass Wunder existieren. Krebskranke oder andere Erkrankte hätten viel mehr Hoffnung auf Heilung, selbst bei einem aggressiven Bauchspeicheldrüsenkrebs. Auch die Angehörigen von Komapatienten würden stärker und länger hoffen, dass die Person doch noch aufwacht und würden viel länger damit warten, die lebenserhaltenden Geräte auszustellen, wenn sie genug Geld besäßen, vielleicht sogar bis ans Ende ihres eigenen Lebens die Person am Leben lassen.

Ich bin mir sicher, dass es viel weniger Selbstmorde geben würde, denn vielleicht hätten die Suizidgefährdeten einen Lichtblick im Hinterkopf, etwas, was sie davon abhalten würde, sich von der nächsten Brücke zu stürzen oder sich die Halsschlagadern aufzuschneiden, eine Sache, an der sie sich festhalten könnten, etwas, was sie sich wirklich wünschen.

Wahrscheinlich würde es auch weniger Scheidungen und Trennungen zwischen Paaren geben, denn, wenn die eine Person hofft, dass der Partner wie durch ein Wunder zu sehr viel Geld kommt - was natürlich eine sehr egoistische Vorstellung ist - würde sie sich dann scheiden lassen? Oder wenn ein Ehepaar sich andauernd in die Haare kriegt, weil der eine, sagen wir mal, immer seine Sachen herumliegen lässt, würde der Betroffene dann nicht hoffen, dass es den Partner oder die Partnerin nicht mehr stören würde oder die/der Genervte das Wunder herbeisehnt, dass sich der/die Liebste nicht doch noch ändert?

Sicherlich kann man anderer Meinung sein, dass man einen plötzlichen Sinneswandel nicht als Wunder ansehen kann, aber ich denke, das kann man. Auch wenn dieser ausschließlich aus Liebe zu der anderen Person geschieht oder ein Suizidgefährdeter aus irgendeinem Grund plötzlich unglaublich glücklich ist, ich finde, es ist immer noch ein Wunder.

Wer weiß, was die Menschen in dieser Welt als Wunder ansehen würden, was wir als alltägliche und völlig 'normale' Dinge oder Situationen betrachten, nur weil ihnen klar ist, dass diese Dinge einmal nur unter schweren Bedingungen oder gar nicht existiert haben - wie wir selbst. Die meisten Leute in unserer Welt verschwenden keinen Gedanken daran, weil sie einfach nicht offen genug dafür sind.

Mein Gedanke ist, dass diese Welt voller Wunder vor allem auf Hoffnung basieren würde: denn warum aufgeben, wenn noch etwas passieren könnte, was das ganze Leben einer Person oder mehrerer völlig verändern könnte, und zwar im Positiven? Wenn die Menschen so an die Wunder glauben würden, wie im Mittelalter an Gott?

Das Ergebnis wäre Hoffnung.

Finja (13)

Wunder geschehen

In einer Welt, in der die Menschen an Wunder glauben, gäbe es mehr Hoffnung. Auch Glaube, dass zum Beispiel Gebete etwas bewirken. Vielleicht lassen sich Wunder nicht wie in einem Katalog bestellen, aber es gibt sie.

Ich selbst habe Wunder erlebt, da ich als junge Frau sehr schwer psychisch krank wurde. Mein Leben wurde damals auf den Kopf gestellt. Meine Prognose war schlecht. Doch mir gab und gibt der Glaube Kraft, durchzuhalten und zu kämpfen. Ich verliebte mich ein zweites Mal, werde jeden Tag durch viele reiche Erlebnisse beschenkt. Mein Lebensweg ging wieder bergauf.

Wer einmal ganz unten war, ist dankbar für kleine Dinge: eine Tasse Kaffee nach der Arbeit; eine Dusche, die den Alltagsballast fortspült; eine blühende Orchidee auf der Fensterbank; ein freundliches Hallo in der Begegnung mit liebgewonnenen Menschen; ein Sonnenstrahl an einem trüben Tag. Ich könnte die Liste ohne Mühe fortsetzen.

Wenn ich aufmerksam bin, erkenne ich, wie viel Gutes mir jeden Tag widerfährt. Das macht mich glücklich und zufrieden, besonders da ich die Depression und die Trauer kenne.

Jedes Lebewesen und jede Pflanze auf der Welt ist ein Wunder. Jede und jedes ist auf ihre oder seine Art einzigartig und dadurch vollkommen. Wenn die Menschen dies wieder stärker in ihren Herzen bewegen würden, gäbe es weniger Streit, Neid, Krieg. Wir würden die Umwelt bewahren und nicht schädigen. Die Liebe hätte eine Chance. Die Selbstmordrate würde sinken.

Ich glaube an Wunder, weil es Geschehnisse gibt, die sich nicht wissenschaftlich erklären lassen. Es gibt Heilungen aussichtslos Kranker, schicksalhafte Begegnungen, Glück, Liebe auf den ersten Blick... Um nur einige zu nennen.

Es heißt: »Wenn eine Tür sich schließt, öffnet sich eine andere« (Verfasser unbekannt).

Deshalb glaube ich, dass täglich Wunder geschehen.

Birgit (46)

Absolut positiv!

Das Wort „Wunder" ist für mich persönlich absolut positiv! Jeder Mensch, jedes Tier, jede Pflanze – also die ganze Natur – alles ist so wunderbar gemacht. Ich kann alles voller Ehrfurcht betrachten.
Ich könnte selbstverständliche „Wunder" endlos aufzählen.

Ein Wunder ist geschehen: Ein Kranker wird wider Erwarten gesund!
Ein Wunder: Ich bin schlecht zu Fuß. Ich gehe trotzdem auf einem Deich bei Windstärke 8 spazieren und genieße es voller Dankbarkeit. Es geht!

Wunder gibt es immer wieder, sang man schon vor vielen Jahren. Man muss sie nur sehen und empfinden.
Ich bin keine 26 Jahre! Auch keine 49 Jahre alt. Ich bin in diesem Jahr noch 79 Jahre alt. Ich kann es selber nicht glauben! Ein Wunder ist so vieles für mich, alles was mich beglückt und erfreut.

Wenn die Menschen wüssten, dass Wunder geschehen, hätten alle mehr Vertrauen zu dem, was passiert – mehr Vertrauen in die Natur. Die Menschen würden offener sein für Positives, sähen ein Wunder in vielen Dingen und keine Selbstverständlichkeiten. Wir alle würden mehr staunen, würden dankbarer für kleine und große Wunder sein. Jeder Einzelne würde sich bemühen, die vielen, vielen Wunder zu sehen und außerdem auch dafür sorgen, dass Wunder geschehen!!!

Ein Wunder hat für mich auch viel mit Zufriedenheit zu tun!

Hella (79)

„Wo immer wir wandern,
winken uns Wunder."

- Andreas Tenzer -

Glücklicher

Lassen wir die Annahme auf uns wirken, dass wir nur Menschen um uns herum hätten, die an Wunder glauben. Unabhängig von der Tatsache, ob sie an Wunder glauben, weil sie hoffnungsvoll sind oder weil sie bereits ein Wunder erlebt haben. Ein Mensch, der an Wunder glaubt, ist ein Hoffnungsträger. Ihn begleitet eine Lebenseinstellung, die ihn strahlen lässt, weil er davon ausgeht, dass Dinge passieren können, die schön, einzigartig sind und uns glücklich machen. Nehmen wir an, wir wären nur von Hoffnungsträgern umgeben, dann würden wir sicher nicht in einer Welt leben, in der die meisten Menschen pessimistisch aufeinander zugehen und sich schon vor dem Geschehenen einreden, dass ohnehin alles sinnlos wäre. Wie oft begegne ich Menschen, die sagen: „Was soll das eigentlich für einen Sinn haben?" oder „Als würde das etwas bringen". Geschmückt werden diese Aussagen meist von trüben Blicken und einer lebensmüden Betonung. Ich erlebe ebenfalls, dass diese Art der Kommunikation „ansteckend" wirkt. Man lässt sich entmutigen und übernimmt ähnliche Einstellungen, wenn man stets solche Aussagen aufnehmen muss. Diese Art der Kommunikation hat eine negative Wirkung auf uns.

Viel lieber möchte ich mir eine Welt vorstellen, in der nur Menschen leben, die an das Gute glauben und davon überzeugt sind, dass etwas noch Besseres und Schöneres auf uns zu kommt oder, die davon überzeugt sind, dass sich alles Schlechte definitiv noch zum Guten wenden wird.

Ich bin mir darüber bewusst, dass es stets Leid und Trauer geben wird, denn wo Leben ist, ist auch Krankheit und der Tod ein Begleiter. Dennoch möchte ich, dass z.B. Eltern kranker Kinder die Hoffnung in sich tragen, dass ein Wunder geschehen kann und selbst, wenn die Krankheit droht zu siegen, dann ist wichtig, dass uns Hoffnung begleitet. Für den Erkrankten ist es wichtig, dass die engsten Personen Hoffnung in sich tragen, denn sonst geben sie sich selbst auf. Und wenn die Krankheit nicht besiegt werden kann, dann darf nicht vergessen werden, dass die Person ein Wunder war. Eine Person, die uns geschenkt wurde – auch, wenn nicht für lange Zeit. Sie hat unser Leben bereichert und uns schöne Momente geschenkt.

Leben bedeutet immer Wunder. Nicht immer lässt uns Menschen dies erkennen, weil wir von der Müdigkeit des Lebens oder Trauer begleitet werden. Öffnen wir unseren Blick dennoch für schöne Momente, werden wir Gefühle wahrnehmen, die uns glücklicher machen. Wir sollten uns alle bewusst werden, dass wir unseren Blick öffnen können, um uns so selbst glücklicher zu machen.

Jana (43)

Über sich hinaus wachsend

Wenn alle Menschen an Wunder glauben, dann trauen sich alle Menschen mehr, oder sie trauen sich mehr zu. Sich zu überwinden ist für jeden dann ganz einfach. Man denkt, es wird ein Wunder geschehen, und macht das, was zu machen ist, ganz einfach.

Arnold lebt in der Zeit, in der alle an Wunder glauben. Arnolds Haus steht auf hundert aufeinander gestapelten Nadeln. Ein Wunder hält es zusammen. Doch eines Morgens hört man einen lauten Knall. Alle Wunder sind weg. Arnold fragt sich, wo alle Wunder denn jetzt sind. Alle Menschen versammeln sich auf dem Bürgersteig. Der Präsident versucht, die Menge zu beruhigen. Einer schreit: „Ein Wunder wird uns retten!" Ein anderer ruft: „Es gibt ja gar keine Wunder mehr!" Und alle richten sich ihr Eigentum so ein, dass es keine Wunder mehr braucht.

Und wer weiß? Vielleicht wird jemand bald alle Wunder zurückholen?

Mike (10)

Wahrhaft fantastisch!

Ich habe vor zwei Tagen Essen vom Chinesen gehabt, und wie man es kennt, auch einen Glückskeks dazu bekommen. Nach dem Aufbrechen fand ich meinen Zettel, auf dem stand geschrieben: Ein langersehnter Durchbruch kündigt sich an. Nun ist mir zwar schon klar, dass auf diesen Zettelchen sicher durchweg solche positiv ausgerichteten Nachrichten verfasst sind, doch trotzdem fühlte ich mich angenehm überrascht und bestärkt. Es ist so, dass in einem meiner Lebensbereiche derzeit tatsächlich ein Umbruch angesagt ist und ich eine entsprechende Entscheidung auch bereits getroffen habe, ohne aber bisher eine Handlung eingeleitet zu haben. Und: Die Veränderung macht mir noch ein wenig Angst. So war ich denn froh über dieses „Zeichen" von außen, es kam mir gerade recht, ich fühlte mich gleich etwas besser. Ich war auf dem richtigen Weg.

Ich denke, es geht vielleicht nicht nur mir allein so. Man möchte sein Leben ja stets ins Positive verändern, sich entwickeln, glücklicher und zufriedener sein. Und wenn man sich unsicher ist über eine Entscheidung oder meint, man könne etwas nicht aus eigener Kraft schaffen, dann wünscht man sich Unterstützung. Und manchmal hält man eben auch Ausschau nach Zeichen und Wundern. Je nachdem, welche Türen geöffnet werden müssen. Je nachdem, welche Möglichkeiten man selbst hat oder eben nicht hat.

Wenn ein Mensch nun aber WEISS, dass ein Wunder möglich ist, weil in seiner Welt immer wieder Wunder geschehen, dann hat er es viel leichter seinen Weg zu gehen. Er wäre zuversichtlich, dass, solange er selbst seinen Teil tut (das muss man immer), wer-oder-was-auch-immer den Rest erledigt, den er aus eigener Kraft nicht tun kann. Wie angenehm und schön eine solche Welt wäre! Die Menschen wären ruhig und gelassen. Sie hätten mehr Freude und würden sich weniger sorgen, weil sie innerhalb ihrer Kraft leben würden – sie täten, was ihre Möglichkeiten hergeben, aber darüber hinaus wären andere Mechanismen zuständig. Es wäre auch leichter, die Verantwortung für das eigene Handeln zu tragen, weil keiner sich mehr mit „fremder" Verantwortung belasten würde. Die Menschen in einer solchen Welt wären sich darüber bewusst, dass „Leben" nicht für Jeden isoliert stattfindet, sondern dass jederzeit vielerlei Faktoren ineinander greifen und miteinander arbeiten. Und trotzdem wird der Einzelne gesehen und bedacht, denn Wunder passieren ja! Und der Neid wäre ausgestorben – tu einfach deinen Anteil am Ganzen, dann kommt der Rest schon hinterher. Das wäre eine wahrhaft fantastische Welt!!

Anke (49)

„Es gibt kein Wunder für den, der
sich nicht wundern kann."

- Marie von Ebner-Eschenbach -

Selbstverständlich

Frage: Wie wäre eine Welt, in der die Menschen sicher sind, dass Wunder geschehen?
Antwort: Eine Welt, in der es Wunder auf Garantieschein gibt, ist wie Bungee-Jumping von der Bettkante!

2014: Geht nicht, gibt's nicht, ist zur Parole unserer Existenz geworden. Im Supermarkt wundert uns nichts mehr. Wir gönnen uns Käse, der nie Milch gesehen hat, löffeln Fruchtjoghurt mit Sägespäne-Aroma und empfinden Kalbsleberwurst ohne Kalbsleber als Gipfel des Genusses. Falten cremen wir weg wie nichts, unschöne Reiterhosen werden in der Mittagspause schnell abgesaugt, und wenn's mit der Liebe trotzdem nicht klappt, ein straffer Busen wirkt Wunder.

Wir genießen das Leben in vollen Zügen, wollen alles oder nichts. Bis sich die Welt im Rausch des Vergnügens verflüchtigt und das Herz im Rhythmus des Glückes schlägt. Erwachsen sind wir noch lange genug. Im Jungsein präsentiert sich das Wunder des Lebens. Doch was bleibt?
Wir haben alles und nichts. Wir erklären alles, denken vorausschauend und handeln kontrolliert. Wir sind längst aus dem Staunen herausgekommen, haben vergessen, welch' außergewöhnliche Blüten der Zufall trägt und schenken nur noch dem Glauben, was scheinbar so sicheren physikalischen Gesetzen entspricht. Unvorstellbares liegt außerhalb unserer Verstellungskraft. Die Flügel der Fantasie wurden längst gestutzt. Die Sehnsucht über sich hinauszuwachsen ist tot. Und wir haben verlernt uns zu wundern.

2014: Eine Welt, in der Wunder alltäglich sind, geht im Selbstverständnis des Außergewöhnlichen unter und wird gewöhnlich.

Marion (46)
126

Mein Kommentar:

Na ja, das ist schwer zu sagen: Die Menschen würden das Wunder schon kennen und dann wäre es kein Wunder mehr, also zumindest für die Menschen, die dieses Wunder schon kennen.

Pascal (11)

Was wäre, wenn ...

In einer Welt, in der überall Einhörner, Pegasusse, Zyklopen, Elfen etc. leben, hätte keiner mehr Angst vor ihnen oder würde sie noch länger als Wunder ansehen. Diese „Lebewesen" sind nur so lange ein Wunder, wenn es sie NICHT gibt. Meerjungfrauen kann es gar nicht geben, denn hätten sie so eine Haut wie unsere, wäre diese immer verschrumpelt.

Fazit: Gibt es Wunder, würde keiner an sie glauben.

Sophie (15)

Schon jetzt Realität…?

Das Mädchen kommt vom Spielen mit Freunden draußen auf der Straße nach Hause. Eigentlich hatte die Mutter es gebeten, nach dem Mittagessen das Kinderzimmer aufzuräumen. Aber das Mädchen hatte sich heimlich hinausgeschlichen und war mit dem Fahrrad abgehauen, um sich mit den Freunden zu treffen.

Als es nach Hause kommt, findet es sein Zimmer perfekt aufgeräumt vor. Alles ist am richtigen Ort, es liegen keine Schuhe und T-Shirts mehr auf dem Boden, die Legosteine sind in ihrer Box, die Bauklötze und Holzbausteine zum Turmbauen liegen in ihrem Kasten. Alle Puppen sitzen ordentlich auf dem Fensterbrett und sogar das Chaos auf dem Schreibtisch ist verschwunden. Das Bett ist gemacht, die Bücher stehen wieder ordentlich auf dem Regal.

Da lacht das Mädchen laut auf und freut sich: „Wow – also, an Heinzelmännchen glaube ich ja nicht. <u>Hier ist wohl ein Wunder geschehen!</u> Da kann ich ja auch in Zukunft einfach gehen. Wird schon noch mehr solche Wunder geben und mein Zimmer ist aufgeräumt, wenn ich nach Hause komme!"

Die Mutter wollte nicht weiter bitten und betteln und hat kurzerhand das Zimmer selbst aufgeräumt.

Die Familie sitzt nach einer längeren Wanderung im Park beim Picknick. Auf der Decke türmen sich feine Leckereien, Mutter und Vater sorgen dafür, dass alle drei Kinder brav sitzen bleiben und erst aufessen, bevor sie zum Spielen losrennen.

Keiner bemerkt, dass ein Wind aufkommt. Erst als es immer stürmischer wird, registrieren die Eltern, dass der Himmel längst nicht mehr schön blau ist, dass die Sonne hinter dicken Wolken verschwunden ist, dass es jeden Moment zu einem gewaltigen Regenschauer kommen wird. Schnell raffen sie Picknick und Decke zusammen, ziehen den Kindern ihre Jacken über, flüchten mit ihnen unter einen ausladenden Baum, um sich vor den ersten Regentropfen zu schützen, und diskutieren eilig, wie sie dem Unwetter schnell entkommen könnten. Gleichzeitig wird der Sturm immer stärker, die Äste des Baums biegen sich immer heftiger im Wind, Blätter fliegen davon.

Da hört die Familie mitten im Heulen des Windes plötzlich ein lautes Knacksen und Krachen – und einen Augenblick später gibt der Baum nach, neigt sich zur Seite. Ein Riss tut sich auf, etwa auf halber Höhe des Stamms, und die gesamte Baumkrone stürzt langsam zu Boden. Mit wildem Geraschel und hörbar brechenden Ästen landet die große schwere obere Hälfte des Baums schließlich auf der Wiese. Auf der anderen Seite des nun zersplitterten Baumstammes steht erschrocken die Familie, die Eltern drücken ihre Kinder fest an sich. „Was haben wir Glück gehabt! <u>Ein Wunder ist geschehen</u>, keiner von uns ist verletzt!", ruft der Vater vor Erleichterung laut aus.

Verschiedene Tiere haben in der letzten Zeit immer an der gleichen Stelle am Baum genagt und gekratzt und gehackt – und genau in diese Richtung ist die Baumkrone gefallen.

Ein junges Paar freut sich seit Wochen auf die Urlaubsreise. Schon Tage vor der Abreise sind die Koffer gepackt, alles ist organisiert, die Vorfreude wächst ins Unermessliche.

Am Morgen der Abreise überhören die beiden den Wecker. Sie schlafen noch weiter, nachdem der Wecker bereits aufgehört hat zu klingeln. Irgendwann wird einer der beiden wach – und erschrickt. Panisch springen sie aus ihren Betten, ziehen sich an, greifen sich ihr Gepäck und hetzen aus dem Haus. Ihnen beiden ist klar, dass das Flugzeug nicht auf sie warten wird und sie es eigentlich schon nicht mehr schaffen können. Mit den Koffern in den Händen rennen sie zur Bushaltestelle, um mit dem Bus zum Flughafen zu fahren. Gerade als sie den Bussteig erreichen, fährt überraschend ein Bus vor mit der Aufschrift „Flughafen". Eigentlich sollte der nächste

Flughafen-Bus in 20 Minuten erst fahren, die Linie wird an dieser Haltestelle nur stündlich bedient. Die beiden steigen erleichtert und heftig schnaufend in den Bus ein und kommen knapp 45 Minuten später am Flughafen an. Nach einem erneuten Wettlauf gegen die Zeit stehen sie schließlich japsend mit ihrem Gepäck am Check-In-Schalter und erfahren von der Angestellten der Fluggesellschaft, dass sie gerade noch rechtzeitig da sind – in zwei Minuten wäre es zu spät gewesen.

Wenig später sitzen die zwei auf ihren Plätzen im Flugzeug und rollen dem Start in eine wohlverdiente Urlaubsreise entgegen.

„Das war jetzt ein Wunder, dass wir das noch geschafft haben und zufällig gerade ein Bus kam, als wir ihn brauchten! Da müssen wir ja beim nächsten Mal gar nicht so rennen!", strahlt der junge Mann des Paares.

Der Bus hatte eine Verspätung von 40 Minuten und wäre normalerweise längst weg gewesen…

Patricia (34)

Schlusswort

Liebe/r Leser/in,

wir hoffen, Du hattest eine schöne Zeit beim Lesen dieses Buches und konntest die Reise in die Wunderwelt genießen. Vielleicht sind auch bei Dir Erinnerungen aufgetaucht an wundersame Dinge, die Du erlebt hast. Oder Du hast Dein Gespür für die ganz kleinen, aber so gewichtigen Wunder des täglichen Lebens neu entdeckt. Manchmal tut es gut, einmal einen Schritt zurück zu treten und seinen Blick neu auszurichten, ein Beobachter zu sein, um anschließend die eigenen Glaubenssätze liebevoll noch einmal anzusehen.

Wir meinen, es gibt noch so viele Themen, die eine nähere Betrachtung verdienen. So wie die „Liebe", der wir den ersten Band unserer Schnittmenge - Buchreihe gewidmet haben. Deshalb werden wir unsere Arbeit mit weiteren Bänden fortsetzen. Fühle Dich gerne angesprochen und schreibe mit! Teile Deine persönlichen Eindrücke mit der Welt! Im Anhang findest Du die entsprechenden Kontaktdaten zur Anmeldung als Schreiber/in und zur Voting-Liste für die nächsten Themen. Es wäre uns eine Freude, Dich dabei zu haben.

Wir wünschen Dir, dass Du mit frischer Lebensfreude und Lebendigkeit in Deinen Alltag zurückkehrst, den Blick genauso fest auf das wesentliche Ganze wie auf jedes wunderbare Detail gerichtet.
Du hast die Wahl, Dein Leben zu gestalten, es mit schönen Eindrücken zu bereichern und Deinen Weg so angenehm wie möglich zu machen. Viel Erfolg, und alles Liebe und Gute!

Herzlichst,
Anke, Marina & Alexander

Es gibt noch mehr!

Da wir das Leben und neue Herausforderungen lieben, geben wir uns mit dem Herausbringen der Bücher alleine nicht zufrieden. Wir möchten unser Wissen in die Welt tragen und Dir ganz persönlich einen Mehrwert bieten. Denn wir lieben es zu helfen und unsere Passionen auszuleben. Und hier kommt die Gleichung zum Tragen:

$$\text{Liebe} + \text{Wissen} + \text{Passion} + \text{Mehrwert} = \text{Erfolg}$$

Und genau zu diesem Erfolg möchten wir Dir mit all unseren Dienstleistungen verhelfen. Und unser Dreiergespann sorgt dafür, dass wir so einiges zu bieten haben. Aber siehe selbst und entscheide, was für Dich genau das Richtige ist.

Buchreihe Schnittmenge
Schnittmenge ist eine Buchreihe, die mit jedem neuen Buch weiter wächst. Doch kein Buch gleicht dem anderen. Neues Thema, neue Schreiber/innen und vor allem neue Erlebnisse und Texte. Und Du hast es mit in der Hand. Du kannst unter dem folgenden Link über das nächste Thema für Schnittmenge abstimmen.

Abstimmung unter: www.aschenmoor-verlag.de/du-hast-die-wahl

Und noch besser: Du kannst ein Teil der Buchreihe werden. Pro Buch nehmen wir rund 24 Schreiber/innen im Alter von 6 – 65+ auf. Doch es gilt: Geschwindigkeit wird belohnt, denn die Schreiberling-Plätze sind begrenzt. Also schnell einschreiben unter:

Eintragen unter: www.aschenmoor-verlag.de/schreiberling-werden
oder per Email an: anmeldung@buchreihe-schnittmenge.de

Aschenmoor Verlag

Hinter dem Aschenmoor Verlag verbirgt sich ein junger, kreativer Geist. Mit seinen Büchern bietet der Verlag ein großes Spektrum im Bereich Inspiration, den eigenen Lebensweg finden und Lebensfreude. Eben:„Ihr Verlag zum Denken, Fühlen, Handeln"
www.aschenmoor-verlag.de

Spiritual-Pushings

Du möchtest mehr Motivation, Ängste lösen, dich an Erfolgsbildern erfreuen oder vielleicht noch etwas ganz anderes? Gerne!
Pushing Sessions sind die tägliche Trainingseinheit für deinen Kopf. Du wählst das Thema, und wir liefern den Input. Mit täglichen Audios helfen wir Dir, Dein Ziel zu erreichen, mehr Selbstbewusstsein zu bekommen, oder einfach zu entspannen. Die Auswahl ist vielfältig. Komm vorbei auf www.spiritual-pushings.de, such Dein Thema aus und los geht´s. Auf zu mehr Lebensqualität!

Tierisch gut verstehen

Tierisch gut verstehen ist DER Podcast für alle Themen rund um Mensch und Tier, ihre Beziehung zueinander und die erfolgreiche Verständigung. Er hilft die Beziehung zueinander und miteinander zu vertiefen und bietet ganzheitliche Tipps rund um die Haltung, Gesundheit und Beschäftigung unserer tierischen Freunde.
www.tierisch-gut-verstehen.de

Lebensberatung

„Meine Tiere sind meine Freunde. Diese Beziehung beruht auf gegenseitigem Respekt." Aus diesem Grund hat Marina die Seite ins Leben gerufen. Mit inspirierenden Podcasts, einem Blog, dem Gratis-Emailkurs und weiteren hilfreichen Kursen bietet die Seite Ideen und Werkzeuge für eine verbesserte Mensch-Tier-Kommunikation. Findet wieder zu einander auf www.lebensberatung-mensch-tier.de

Bilderverzeichnis

(1) Annette Blumenschein:

(2) Gerd Butke (www.Gebut-Tierfotografie.de):

(3) Enrico Elter (www.pictrs.com/photo-enrico):

(4) Katharina Merther (www.ks-fotografie.org):

(5) Jana Seelbach: